D1995340

Isolde Kurz · Der Aktiengarten

Isolde Kurz, 1893 in Florenz

Isolde Kurz

Der Aktiengarten

&

andere Erzählungen

Jürgen Schweier Verlag

Herausgegeben von Jürgen Schweier

ISBN 3-921829-36-4
Alle Rechte vorbehalten

Gestaltung: Hermann Pfeiffer, Reutlingen
Satz, Druck: TC Druck, Tübingen
Einband: G. Lachenmaier, Reutlingen

Auflage: 1000 Exemplare

© 2003 Jürgen Schweier Verlag
Kirchheim unter Teck

INHALT

DER AKTIENGARTEN

Wir gingen die dunkle Riva degli Schiavoni entlang und sahen dem Vollmond zu, der wie eine Riesenmelone über den Kuppeln und Türmen von Venedig heraufschwebte. Die Flut war im Steigen und klatschte leise gegen das mächtige, am Kai verankerte Frachtschiff, auf dessen höchster Mastspitze ein Stern wie ein Schiffslicht funkelte. Schattenhaft huschten die schwarzen Gondeln vorüber, flüssiges Silber von den Rudern spritzend, der Canal grande flammte mit seinen tausend Lichtern wie in Festbeleuchtung vor uns, und vom Markusplatz wehten vereinzelte Klänge der Militärmusik herüber.

Ich war fast betroffen, als ich in der feierlichen Stille plötzlich meine eigene Stimme sagen hörte:

Wunderbar solch eine venezianische Nacht!

Venezianische Nacht, wiederholte mein Begleiter vor sich hin, und es war seinen Worten anzuhören, daß sie aus einer weiten Ferne, aus einer tiefen Versunkenheit heraustönten. – Venezianische Nacht, sagte er noch einmal, jede Silbe betonend, als ob er einen Wohlgeschmack auf der Zunge hätte, und dann, wie durch seine eigene Stimme geweckt, setzte er hinzu:

Sie glauben nicht, wie wunderbar und heimlich eigen diese Worte für mich klingen, sie rufen mir die seligste

Stunde meines Lebens zurück, eine ›venezianische Nacht‹ in meinem armen deutschen Heimatstädtchen, vor deren unbeschreiblichem Glanz auch diese gegenwärtige Schönheit verbleicht. – Wie das möglich ist? – Ich hatte damals fünfjährige Augen und eine fünfjährige Einbildungskraft.

Ich lebte zwischen meinem vierten und meinem sechsten Jahr bei meinen Großeltern in einem kleinen Städtchen, das alt ist, ohne altertümlich zu sein, und einem Erwachsenen keinerlei Reize bietet; für mich aber war es der Paradiesgarten, die nie wieder zu findende selige Insel. Die Gestalten, die ich dort sah, leben noch heut in meinem Gedächtnis als die ewigen Urtypen der Menschheit, und alle Dinge glänzten damals von innen heraus, wie ich nie wieder ein Ding auf Erden werde glänzen sehen. O die unaussprechliche, die entzückend blanke Neuheit aller Dinge! Die Erinnerung daran begleitet uns als ein stummes Trauern und Bedauern, daß diese Herrlichkeit vergehen mußte, ohne daß man dazu kam, sie recht zu begreifen, denn während die Seele noch denkt, das Wunderbare müsse erst kommen, da ist es auch schon vorüber, und der bessere Teil des Lebens liegt hinter uns.

Unser Garten lag an einem Flüßchen, das die Lauter hieß, aber seinem Namen wenig Ehre machte, denn es floß meist so trübe, daß man trotz der Seichtigkeit den Grund nicht sehen konnte. Dennoch verbildlicht mir der Name Lauter noch heute den Fluß der Flüsse, und das Schiffchen, das mir einst der Großvater aus alten Zigarrenschachteln zusammennagelte, um es an einem Bindfaden auf der Lauter schwimmen zu lassen, steht schöner, vollkommener und bedeutender in meiner Erinnerung als die stolzen Lloyddampfer, mit denen ich später den Ozean befuhr; diese erschienen mir oft nur wie niedliches Kinderspielzeug, aber das wahre Schiff, das Urbild und der Inbegriff aller Schiffe bleibt mir auf ewig jenes Schiffchen des guten Großvaters, das ich an unserem Lattenzaun festgebunden hielt, bis es mir einmal bei starkem Regen von der Lauter davongetragen wurde.

Und gar der Garten selbst! Welch ein Stolz für mich, wenn ich dem Großvater mit der Richtschnur helfen durfte, seine Rabatten abzugrenzen, in die er im Frühjahr Salat und Petersilie säte. Zwar unsere höchste Pflanzung waren nur ein paar Königskerzen, dort gemeiniglich Wollblumen genannt, mir aber machten sie einen gewaltigen Eindruck, wenn ich davor stand, denn sie überragten meinen eigenen Wuchs um ein Beträchtliches. Unsere Spargelbeete leben als dichte, von Märchen umsponnene Wälder in meiner Erinnerung.

Noch besser als mit dem Großvater verstand ich mich mit der Großmutter. Sie hatte ein wunderbares Geschick, mit Kindern umzugehen, oder vielmehr, sie fühlte sich mit ihren angegrauten Haaren selbst noch als Kind, deshalb war alles so lebendig, was aus ihrem Munde kam. Wenn sie ihr Lieblingsliedchen sang:

Hier sitz' ich auf Rasen mit Veilchen bekränzt.
So lasset uns singen, so lasset uns springen,
Bis spät noch am Himmel der Abendstern glänzt –

dann gingen die Wände des Zimmers auseinander, der Holzschemel, auf dem ich saß, wurde zum grünsten,

grünsten Rasenplatz, das gute Großmütterchen mit dem veilchenblauen Band auf der Haube verwandelte sich in eine der geputzten Schäferinnen aus Porzellan, die auf dem Rokokoschranke standen, es flatterte um mich her von weißen Kleidern und farbigen Bändern, und ich meinte die zauberhafteste Musik zu vernehmen. Noch jetzt wird mir ganz mozartisch zumut, wenn ich daran denke. Der Abendstern muß in jenen Zeiten noch ein ganz anderer Abendstern gewesen sein; er steht jetzt so hoch und fremd am Himmel; damals war er ganz nahe, ein wunderbares zackiges goldenes Ding, das mir gehörte.

Überhaupt war es eine meiner Eigentümlichkeiten, daß die Worte ein körperliches Dasein für mich hatten, besonders solche, die ich nicht verstand, und zuweilen stiegen aus einem derartigen unverstandenen Wort die wunderbarsten Phantasmagorien herauf. Einer solchen verdanke ich eine meiner schönsten und zugleich unglücklichsten Erinnerungen.

Die Großmutter sagte nämlich eines Abends zu mir:

Morgen ist venezianische Nacht im Aktiengarten, und wenn unser Edi recht artig ist, so darf er auch mit.

Die Pracht dieser nie gehörten Worte erregte meine Phantasie aufs mächtigste. Ich konnte die Nacht kaum schlafen vor Erwartung. Dachte ich an die Venezianische Nacht, so schwebte mir ein samtschwarzer Grund mit wundersamem Goldgeflimmer vor, und das noch unverständlichere Wort Aktiengarten versetzte mich geradezu ins Feenreich.

Der nächste Tag wollte kein Ende nehmen, und ich verbrachte die Zeit mit Minutenzählen. Endlich wurde es

Abend, man zog mir meine besten Kleider an, Großmutter schmückte sich mit ihrer raschelnden seidenen Mantille und mit einem merkwürdigen Ungetüm von Hut, das nur bei den größten Gelegenheiten zum Vorschein kam.

Dann ging es zur Stadt hinaus, über die Lauterbrücke, einen mit Kies bestreuten Fußweg zwischen Wiesen entlang, bis uns hinter Bäumen ein farbiges Lichtmeer entgegenschimmerte, und der Aktiengarten lag vor meinen Augen.

Eine Leuchtschrift, die ich noch nicht lesen konnte, stand über der Eingangstür, und innen wimmelte es von geputzter Menschheit. Kleine Mädchen in weißen Kleidern gingen sittsam neben den Großen her, die Jungen meines Alters drängten sich zwischen den Beinen der Erwachsenen durch, ich selbst wurde von Großmama an der Hand geführt, damit ich nicht entwischte. Viele saßen auch schon an den ungedeckten hölzernen Tischen und von außen drängten neue Scharen nach; ich hatte nie so viele Menschen beisammen gesehen.

Es war ein unvergeßlicher Anblick. Man hat mir später versichert, der Aktiengarten sei um jene Zeit wenig mehr als eine dürftig angepflanzte, mit einem hölzernen Zaun umgebene Kieswüste gewesen, für meine Augen aber war das Feenreich aufgetan! Farbige Papierlaternen hingen in den Zweigen, und an bekränzten und bewimpelten Pfählen glühten rote, blaue und grüne Glaskugeln, die von innen erleuchtet waren und aussahen wie Edelsteine.

Die Großeltern ließen sich an einem leeren Tische nieder, nicht weit von uns spielte die Musik auf einer mit grünen Reisern verkleideten Empore, von der ein köstlicher Tannenduft ausging.

Es war trotz der vielen Lämpchen und Laternen nur mäßig hell, denn die Beleuchtungskunst stak dazumal noch in den Kinderschuhen, und besonders unten in der Tiefe des Gartens breitete sich wirklich jene schwarzsamtne Nacht mit dem wunderbaren Geflitter aus, von der ich geträumt hatte. Zuweilen blitzte ein heller Strahl darüber auf, und etwas Weißes schimmerte durch die Dunkelheit.

Dort unten ist erst die wahre Venezianische Nacht und dort müssen auch die ›Aktien‹ sein, dachte ich bei mir und zappelte auf meinem Stuhl, denn Großmama hatte versprochen, mit mir die Runde durch den Garten zu machen. Nun aber hatte sich ein Bekannter des Großvaters zu uns gesetzt, und die beiden alten Herren vertieften sich in ein Gespräch, an dem auch die Großmutter teilnahm. Es war von den Aktien die Rede, die ich noch gar nicht kannte, und aus der Unterhaltung ging hervor, daß eine davon dem Großvater gehörte und daß sie in diesem Jahr zum erstenmal Früchte trugen. Dies regte meine Erwartung noch mehr auf; das Stück Kuchen, das mir zur Tröstung in den Mund gesteckt wurde, vermochte mich nicht zu beschwichtigen. Unablässig zupfte ich die Großmutter am Rock und mahnte heimlich an ihr Versprechen, bis der Großvater, der gerade schlecht aufgelegt war, zu mir herüberdonnerte:

Was hat denn der Bub heute abend, daß er nicht stillsitzen kann? Gib Ruhe, Bengel, oder – !

Und als die Großmutter ein Wort für mich einlegen wollte, hieß es:

Unsinn, er kann die dummen Lichter auch von seinem Stuhl aus sehen.

Ich wagte mich nicht mehr zu rühren, doch meine Geduld half mir nicht das geringste, die Großen saßen wie festgewurzelt auf ihren Stühlen. Großmama blickte verlegen und wich meinen flehenden Augen aus. Endlich kamen noch zwei Damen mit ihren Arbeitskörbchen von den benachbarten Tischen zur Begrüßung herüber und versprachen eine große Seßhaftigkeit zu entwickeln. Da ertrug ich es nicht länger, ich ließ mich hinter den Falten der großmütterlichen Mantille vom Stuhl hinabgleiten, kroch ein paar Schritte am Boden hin und entwischte leise in die Dämmerung.

Ich durchstreifte den Garten auf eigene Hand, gaffte mit offenem Munde an jeder Papierlaterne empor und schwelgte im Entzücken. Ein Laubgang durchschnitt den Garten der Länge nach, die hohen Bäume hatten silberglänzende Stämme und große Blätter wie die Platanen, und ich blickte mit Ahnungsschauern daran hinauf, ob das wohl die Aktien seien, aber dafür sahen sie doch noch nicht merkwürdig genug aus. Diese Allee war am reichsten geschmückt, bunte Gewinde schwangen sich von Baum zu Baum, und die Papierlaternchen in den Zweigen warfen einen solchen Glanz auf den Weg, daß ich mir nicht getraute, auf dieser *Via triumphalis* hinabzuschreiten, sondern mich vorsichtig im Schatten der Bäume hindrückte, jener samtschwarzen Nacht mit dem blinkenden Strahl entgegen, die sich beim Näherkommen lichtete und mich ein mit Muscheln eingefaßtes Wasserbecken erkennen ließ. Ein Springquell stieg darin auf, und der hintere Rand des Beckens, das mir wie ein großer See erschien, verlor sich in eine Tuffsteingrotte, worin eine nackte steinerne Figur auf einem Sockel von

Felsblöcken stand und Wasser auszugießen schien. Die Grotte war dicht von Bäumen umgeben, in deren Zweigen große goldene und silberne Bälle hingen, und ein sanfter Schein verbreitete sich von dorther über das Wasser. Ich weiß nicht mehr, wie die Bäume aussahen, ich weiß nur, daß es augenblicklich mit untrüglicher Gewißheit in mir feststand: dieses sind die Aktien!

Mir wurde kalt vor Bewegung, und ich kann noch jetzt in der Erinnerung die unbegreifliche Größe jenes Augenblicks nachfühlen. Ich dachte: Jetzt, jetzt muß es kommen – und hielt den Atem an. Was kommen sollte, wußte ich selber nicht. Erwartete ich, daß die Wunderbäume sich neigen und ihre märchenhaften Früchte über mich ausschütten würden, dachte ich, das Gestein der Grotte müsse auseinandergehen und ein Aladin mit der Wunderlampe hervortreten, um mich in das geheimnisvolle Innere des Tuffsteinberges zu führen? Nein, was ich erwartete, hatte weder Form noch Namen, es war ›Es‹, das Wunderbare, worauf ich mein halbes Leben gewartet habe, aber nie so überzeugt, so bebend wie an jenem Abend!

Da regte sich neben mir etwas Weißes, Zierliches an dem Geländer, und von einem der benachbarten Tische rief eine wohllautende Frauenstimme herüber: Viola!

Ich war sofort in tiefster Seele überzeugt, daß ein Mädchen, das Viola hieß, kein Kind sein könne wie andere Kinder, sondern etwas unendlich Feineres, Höheres und Schöneres, denn meine kleinen Freundinnen hießen alle entweder Rike, Christiane oder Luise, und der Name Viola schien mir der Feensprache anzugehören.

Plötzlich flammte in der Grotte ein Purpurschein auf,

von dem das ganze Wasser glühte, der Springquell loderte darin wie eine Feuersäule, und das weiße Kleid des kleinen Mädchens, das noch von dem Schein getroffen wurde, war auf einer Seite von Röte übergossen.

Ah! rief ich außer mir vor Wonne, und Ah! rief ein feines Stimmchen neben mir. Ohne zu wissen wie, hatten wir zwei kleinen Leutchen uns an den Händen gefaßt und standen in schweigendem Entzücken nebeneinander, als ob wir zusammengehörten. Als der rote Schein erloschen war, fragte meine neue Freundin: Wie heißt du?

Ich nannte ihr meinen Namen; nun wollte sie auch wissen, wo ich wohnte, aber ehe ich mit der Antwort fertig werden konnte, setzte sie stolz hinzu: Ich, ich wohne auf der Burrg.

Das kleine Fräulein sprach mit fremdem Anklang, sie hatte kein H, und ihr R rasselte wie eine Kinderklapper, was mich mit der tiefsten Bewunderung erfüllte.

Sie streckte mir ein farbiges Röllchen mit Fransen von Goldpapier entgegen und hieß mich das andere Ende fassen. Ich zog, das Röllchen zerplatzte mit einem Knall, und ein Stückchen Schokolade blieb in meinen Händen. Ich war im siebenten Himmel; etwas Ähnliches hatte ich nie erlebt.

Unterdessen war an Stelle des roten Lichtes ein noch magischeres grünes aufgegangen, das den ganzen Garten in ein Geisterland verwandelte.

Viola, mit wem sprichst du? rief die Stimme von vorhin wieder, bring den Knaben her! – und wider Willen, denn ich war ein blödes Kind, ließ ich mich von dem kleinen Fräulein nach dem erleuchteten Tisch hinüberziehen. Dort saß unter mehreren Personen, die ich nicht beachtete, eine schöne Frau mit weißem Gesicht und schwarzen Haaren, in denen eine Rose steckte.

Sie betrachtete mich genau, fragte gleichfalls nach meinem Namen und gab jedem von uns beiden eine mir unbekannte goldgelbe Frucht; es waren die ersten Orangen, die ich gesehen habe. Dann hieß sie uns wieder gehen und weiterspielen.

Komm, jetzt will ich dir die Aktien zeigen, flüsterte ich meiner Gefährtin geheimnisvoll zu, ganz durchdrungen von dem Hochgefühl, auch meinerseits etwas bieten zu können und durch dieses Wunder allen bisherigen Wundern die Krone aufzusetzen.

In diesem Augenblick, der mir der höchste meines Lebens schien, wurde ich hinterrücks von einer groben Faust gepackt, daß mir die Goldfrucht aus der Hand fiel, eine rauhe Stimme rief: Da ist der Ausreißer! und trotz meines wütenden Geschreis trugen mich zwei derbe Männerarme von hinnen.

Wir haben ihn, Herr Stadtrat, wir haben ihn! hieß es, und ich wurde am anderen Ende des Gartens zu den Füßen der Großeltern niedergesetzt, die mich seit einer halben Stunde voll Unruhe suchten. Ich hatte kaum den Boden unter mir, so wollte ich Hals über Kopf wieder davonstürzen, aber der alte Herr faßte mich mit eisernem Griff.

In meiner Angst, das Wunder zu versäumen, schlug ich um mich wie ein verwundetes Tier und brüllte in einem fort: Ich will dorthin, ich will dorthin! was nur zur Folge hatte, daß man mich noch fester hielt. Arme lallende Kindheit, deren Seligkeiten von den Erwachsenen nicht mehr begriffen werden! Wären mir die rechten

Worte zu Gebote gestanden, so hätten die Großen vielleicht ein Einsehen gehabt und hätten mich selbst in mein Wunderland zu dem Prinzeßchen zurückgeführt, das mich mit seiner Freundschaft beehrte. So aber sahen sie nur meine unbändige, unbegreifliche Unart, und um dem Lärm ein Ende zu machen, trugen sie mich mit Gewalt zum Garten hinaus. Mir war's, als würde ich vom Glück auf ewig weggerissen, ich verhakte mich mit den Füßen in das Bein eines Stuhls, den ich eine Strecke weit mitschleifte, aber es half nichts! Einen Augenblick sah ich noch den ganzen Garten in einem violetten Licht erstrahlen, dann war ich draußen in der Dunkelheit und wurde an beiden Armen hastig fortgezogen, daß mir selbst das Zurücksehen unmöglich wurde, immer weiter in die finstere, trostlose Nacht hinein, bis auch die Musik verstummte und der Aktiengarten mit seinen Wundern unwiederbringlich hinter mir versunken war.

Die Verzweiflung jenes Abends grub mir eine unverlöschliche Spur in mein Kindergemüt. Alles war hin, mein Heil auf ewig versäumt! Ich fühlte zum erstenmal mein Ich mit seinen Wünschen und Rechten in Feindschaft gegen die Umgebung, und zwischen diesen zwei getrennten Welten war keine Verständigung möglich. Ich ließ im stummen Trotz die Schläge des Großvaters und die Vorwürfe der guten Großmama über mich ergehen und barg mein Geheimnis in der tiefsten Brust.

Aber im stillen lebte ich von der Hoffnung, auf eigene Hand in den Aktiengarten zurückzugelangen. Auf der Straße sah ich mich nach jedem kleinen Mädchen um, das mir begegnete. Zwar hörte ich einmal zufällig mit an, wie von einer ausländischen Familie die Rede war, die eine

Zeitlang in der ›Burg‹ – so hieß ein hochgelegener Gasthof vor der Stadt – gewohnt und ein bildhübsches Kind mit Namen Viola bei sich gehabt hätte, und die nun abgereist sei, man wisse nicht, wohin. Doch dies störte mich nicht in meiner Zuversicht, ich war überzeugt, wenn ich nur den Aktiengarten wiederfinden könnte, so müßte auch die kleine Viola dort sein, denn in meiner Vorstellung war eins vom anderen unzertrennlich. Ich entrann auch wirklich einmal von Hause und fand sogar die Lauterbrücke zusamt dem Weg, den wir an jenem Abend gegangen waren, aber den Aktiengarten fand ich nicht, denn an dem einzigen Gartentor, das mir aufstieß, marschierte ich gleichgültig vorüber, weil es keine Leuchtschrift trug und auch sonst nicht aussah wie der Eingang des Paradieses. Ich verirrte mich schließlich unter großen Ängsten und wurde erst in tiefer Nacht den zu Tode erschrockenen Großeltern heimgebracht. Danach muß ihnen ihr Hüteramt bedenklich geworden sein, denn eines Tages packten sie mich auf und führten mich zu meinen Eltern zurück. Ich wurde zur Schule geschickt, und damit war das Kinderparadies für immer hinter mir verschlossen. Aber der Aktiengarten und das kleine Mädchen mit dem schönen Namen und der seltsamen Sprache wichen nicht aus meiner Seele.

Viel später, als ich schon ein großer Junge war und seit langem das Gymnasium besuchte, hörte ich einmal mit an, wie meine älteren Geschwister darüber stritten, welcher Baum schöner sei, die Eiche oder die Birke. Und unversehens fuhr ich heraus:

Die schönsten Bäume sind die Aktien.

Die Akazien, willst du sagen, berichtigte mein Vater, dem jede Ungenauigkeit ein Greuel war.

Nein, die Aktien, wiederholte ich hartnäckig.

Dummkopf, sagte der Vater und wandte sich ärgerlich ab.

Mein ältester Bruder aber, der schon ins Obergymnasium ging, sagte belehrend:

Es gibt keine Bäume, die Aktien heißen; du hast wieder einmal läuten gehört und weißt nicht wo.

Diese Rede kränkte mich empfindlich, besonders weil ich mir bewußt war und es auch oft von den anderen hören mußte, daß ich nicht immer mit den Worten einen deutlichen Sinn verband. Diesmal aber war ich meiner Sache sicher, denn der Großvater, dessen Maßgeblichkeit feststand, hatte mich ja selbst in den Aktiengarten geführt, und ich hatte die Aktien, von denen eine ihm selber gehörte, mit eigenen Augen gesehen. Doch der Bruder schenkte mir keinen Glauben, sondern fragte höhnisch, wie denn die Aktien aussähen, worauf ich zu meiner Beschämung die Antwort schuldig bleiben mußte.

Aber unser Onkel Fritz, der damals ein lustiger Student war und zufällig dieses Gespräch mit angehört hatte, zog mich tröstend beiseite und sagte:

Laß dich nicht irre machen, du hast ganz recht, daß die Aktien die schönsten Bäume sind, und ich wollte nur, sie wüchsen drunten im Garten, damit wir wacker schütteln könnten.

Nicht wahr, Onkel, die Aktien tragen auch Früchte? fragte ich aufatmend.

Freilich, goldene, war die Antwort – man nennt sie Dividenden!

Dieses Wort gefiel mir wieder ganz außerordentlich, und es machte mir den Glanz des Aktiengartens aufs neue lebendig. Ich hielt es für verwandt mit Rhododendron, einem Wort, das auch seit langem wie ein fremder Vogel in meinem Kopfe herumschwirrte, ohne sich auf einen bestimmten Gegenstand niederzulassen, und ich war nun wieder völlig mit mir selbst in Harmonie.

Wie lange ich den schönen Wahn mit mir herumtrug und wann ich über die wirkliche Bedeutung des Wortes Aktien endlich aufgeklärt wurde, weiß ich jetzt nicht mehr. Vielleicht erst nach dem Tode des guten Großvaters, als ich durch die Erbschaft jener bewußten Aktie Mitbesitzer des Aktiengartens wurde.

Ich war weise genug, niemals wieder in den Wundergarten meiner Kindheit zurückzuverlangen. Sein Bild jedoch steht unverlöschlich in meiner Erinnerung, es begleitete mich bis an die Schwelle des Jünglingsalters in Gestalt eines schönes Traumes, der häufig wiederkehrte: ich sah alsdann den Aktiengarten mit seinen Lichtern, wie er mir mit fünf Jahren erschienen war, ein Mädchen im weißen Kleide hielt mich an der Hand und sagte:

Laß dich nicht irre machen, die Aktien sind dennoch Bäume, und ich heiße Viola.

Das Mädchen wuchs mit mir, denn in jedem Traume war sie genau so groß wie ich, wir wallten zusammen durch den Garten, ohne den Boden zu berühren, und ich empfand eine namenlose Seligkeit. Einstmals aber blieb ich allein im Garten, eine große Traurigkeit befiel mich, und beim Erwachen war ich fest überzeugt, daß meine Traumgefährtin gestorben sei. Von da an kehrte die beglückende Erscheinung nicht wieder.

Warum ich Ihnen diese Kinderei erzählt habe? Was ist dabei Merkwürdiges, werden Sie sagen, daß ein Kind sich über den Sinn eines Fremdwortes täuscht und daß ein anderes Kind mit ihm im Dunkeln spielt? Aber was ist überhaupt merkwürdig? Kein Ereignis hat an sich eine Bedeutung, es fragt sich nur, was wir innerlich dabei erleben.

Es ist freilich schön, in einer Nacht wie dieser an der Riva zu stehen oder über die Lagune zu rudern, aber jene venezianische Nacht in meinem kleinen poesieverlassenen Heimatstädtchen hatte doch noch ein ganz anderes und zauberhafteres Gesicht. – Und glauben Sie mir, wenn ich heute vor die Wahl gestellt würde, welche schöne vergangene Stunde ich am liebsten noch einmal durchleben möchte, so würde ich sagen: Laßt alles andere tot und vergessen sein und gebt mir jenen Abend im Aktiengarten wieder und meine kleine fünfjährige Gefährtin dazu, denn nie habe ich das Angesicht des Glückes so nah' gesehen wie in jener Stunde!

Ja, die Kinderjahre, sie sind die Zeit unserer menschlichen Vollkommenheit. Wieviel verlieren wir und merken es nicht, wenn der große Sturm der Reifezeit über uns hereinbraust und das Kinderparadies zertrümmert! Das Kind übertrifft an Phantasie den größten Dichter, nur daß keine Kunde aus seiner Welt in die unsere dringt.

Nun werden Sie denken, daß ich ein sonderbarer Schwärmer sei. Aber was wollen Sie? Die Einbildung ist des Glückes bessere Hälfte.

NACHBARS WERNER

Meine erste Liebe, so erzählte mir meine Freundin Ada, war unser Nachbarssohn Werner Horst. Ich verehrte in ihm, ohne mir davon Rechenschaft zu geben, mein männliches Ideal, denn ich stand damals zwischen dem fünften und sechsten Jahre, befand mich also in einem Lebensalter, wo man die Liebe bisweilen schon nach der Empfindung, aber nicht dem Namen nach kennt.

Ich hatte schon von Werner reden hören, bevor wir einander begegneten, denn meine Familie wohnte erst seit kurzem in der Stadt, und die besondere Art, wie die Erwachsenen von ihm sprachen, beschäftigte meine Einbildung.

Mein Vater pflegte nämlich zu sagen: Der Werner ist ein Junge, aus dem einmal etwas werden kann, aber ich will nicht, daß meine Kinder mit ihm umgehen.

Und meinem Bruder Erich, der die gleiche Lateinklasse besuchte wie Werner, war es verboten, den Heimweg aus der Schule in seiner Gesellschaft zu machen.

Ganz deutlich erinnere ich mich, wie Werner das erstemal zu uns kam. Sein Vater hatte ihn mit einem Auftrag an den meinigen geschickt. Seine freie Miene, die glänzenden Augen, mit denen er den Großen so fest ins Gesicht sah, und daß er zwei Jahre älter war als ich, das alles flößte mir eine mit Scheu gemischte Bewunderung ein. Und als er wieder gegangen war und meine Mutter gegen den Vater bemerkte: Es ist doch jammerschade um den Werner –, da weiß ich noch ganz genau, daß mir das Herz unruhig zu klopfen begann.

Nachdem der Vater das Zimmer verlassen hatte, nahm ich all meinen Mut zusammen und fragte:

Was hat denn der Werner getan, daß du sagst: Schade?

Oh, etwas sehr Häßliches, war die Antwort, das kleine Mädchen besser gar nicht wissen sollten: der Werner ist ein *Lügner*.

Und sie erzählte mir, daß Werners Vater alles aufgeboten habe, um den Jungen von diesem widrigen Laster zu heilen, aber kein Mittel wollte fruchten. Unzählige Prügel habe er an ihm abgeschlagen, ihn tagelang im Keller eingesperrt, es sei alles umsonst gewesen. Das Lügen sei so mit Werners Natur verwachsen, daß er es nicht lassen könne. Überhaupt sei er ein Tunichtgut und ein Heimtücker, was man ihm bei seiner offenen Miene gar nicht ansehen würde. Er halte sich immer nur *einen* Freund unter seinen Kameraden, aus dem mache er dann, was er wolle, setze ihm die größten Albernheiten in den Kopf und verleite ihn zu schlechten, ungezogenen Streichen, bis er ihn eines Tages stehen lasse und sich wieder einen anderen suche. Werner Horsts Freundschaften dauerten nie länger als ein paar Wochen, aber in diesen paar Wochen mache er auch die bravsten zu ganz ungehorsamen und verdrehten Jungen. Deshalb hätten andere Eltern darauf zu achten, daß er von ihren Kindern fern bleibe.

Ich ging an diesem Tage ganz tiefsinnig umher. – Wie kann man nur lügen, dachte ich bei mir selbst. – Pfui, das muß etwas sehr Schmutziges sein! – Denn ich war ein kleiner Tugendbold und sehr stolz auf meine von den Eltern oft gerühmte Wahrheitsliebe, an der gar nichts Verdienstliches war, da ich als zärtlich gehegtes Hauskind niemals in die Versuchung geriet, mir mit einer Lüge zu helfen.

Daher nahm ich mir vor, den Werner gründlich zu verachten, ihn auch nicht anzusehen, wenn er mir auf der Straße begegnen würde. Aber heimlich mußte ich immer an den Missetäter denken. Meine Phantasie irrte beständig um seine mir doch nicht recht klar gewordenen Vergehungen und die Strafen, die er dafür zu verbüßen hatte, herum. Seine Beharrlichkeit im Bösen fesselte mich ebenso sehr, wie ich sie verdammte, und so oft ich mir sein schönes, freies Gesicht vorstellte, wurde ich traurig.

Wenn mein Bruder gelegentlich in meiner Gegenwart sagte: Der Werner Horst ist der Beste in der ganzen Klasse – so wurde ich rot, ohne zu wissen, warum. Und als ich ihn eines Tages sagen hörte: Heut hat der Werner Prügel bekommen, weil er wieder gelogen hat, – weinte ich im stillen. Fortan flocht ich allabendlich in mein Nachtgebet die Bitte ein:

Und, lieber Gott, mache vor allem, daß der Werner nicht mehr lügt.

Werners Vater war der Rektor und Kirchenälteste Horst, dessen Haus dicht an das unsrige stieß. Da drüben fielen zuweilen Szenen vor, über die man bei uns nur flüsternd sprach, denn meine sanfte, immer gütige Mutter, die ich viel zu kurz besessen habe, wollte nicht, daß wir Kinder von häßlichen und traurigen Dingen erführen; sie verheimlichte uns sogar ihren eigenen leidenden Zustand, um uns den Sonnenschein der Kindheit solange wie möglich ungetrübt zu erhalten. Aber durch des Rektors Dienstmagd Rike, die sich bei unserer Christine das Herz zu erleichtern pflegte, war man von allem unterrichtet. Der Alte gehörte zu den Stillen im Lande und war der Schrecken der Schulkinder, denen er das Christentum mit dem Stock einbleute. Nur über seinen Werner hatte er keine Gewalt. Dieser drückte sich, so oft er Gelegenheit fand, um die häuslichen Andachtsübungen und lief am Sonntag in den Wäldern umher. Wenn er dann zum Mittagessen nach Hause kam, erwartete ihn regelmäßig eine Prügelsuppe, worauf er für den Rest des Tages abermals zu verschwinden pflegte, um am Abend mit einer neuen Tracht Prügel begrüßt zu werden. Doch war ihm das Umherstreifen ebensowenig auszutreiben wie das Lügen. Einmal – aber dies erzählte mir Christine nur mit gedämpfter Stimme und indem sie sich ängstlich umsah, ob niemand zuhöre, – war er sogar mit einer Zigeuner- oder Kunstreiterbande fortgezogen, man wußte nicht wohin, und erst nach mehreren Tagen war der Vater seiner wieder habhaft geworden.

Ich weiß nicht, ob Werner ahnte, wie sehr seine Nachbarin mit ihm beschäftigt war. Jedenfalls nahm er seinerseits von meinem Dasein in schmeichelhafter Weise Kenntnis, während es sonst bräuchlich war, daß die Mädchen von den Jungen über die Achsel angesehen wurden.

Bei einer festlichen Gelegenheit entspann sich zur Schande meiner Grundsätze unsere Freundschaft.

Die große Frühjahrsmesse führte alljährlich wandernde Sehenswürdigkeiten, wie Schießstände, Tierbuden und dergleichen, nach unserer Stadt. Diesmal war auf der großen Festwiese vor den Toren neben anderen Herrlichkeiten ein Karussell aufgeschlagen, das den ganzen Tag nicht leer wurde und die Herzen der Jugend mit Begeisterung erfüllte. Ich hatte nie zuvor ein Karussell gesehen, und das quieksende, kreisende Ding mit seinen Pferdchen und Wägelchen und dem flatternden Wimpel auf dem Zeltdach erregte mein glühendstes Verlangen. Die Mutter schenkte mir ein paar Kreuzer, zog mir ein weißes Kleid mit rosa Bändern an und schickte mich am Sonntag mit Christine auf die Festwiese.

Einen Sonntag wie diesen habe ich nicht wieder erlebt. Die Wiese war so grün, daß man nichts Grüneres sehen konnte; die Sonne schien hell, und die Weiße des leinenen Zeltdaches, worauf die bunten Fähnchen wehten, biß einem fast in die Augen. Aber das allerschönste war die Musik, die den Rundgang des Karussells begleitete; die Töne der Sphärenharmonie können einem verstehenden Ohre nicht beseligender klingen als mir das Geschrille jener Jahrmarktsorgel, in das sich das Ächzen der drehenden Mechanik mischte. Noch heute kann ich kein Karussell herumgehen sehen, ohne eine Weile stehenzubleiben, und die Töne, die mein Ohr zerreißen, wecken ein fernes, himmlisches Echo in meiner Erinnerung. Doch ließ sich der wonnevolle Tag zuerst für mich bedenklich an. Christine wollte mich in eines der grünlackierten Kütschchen heben, wogegen ich mich sträubte, denn ich verlangte sehnlich nach einem Pferd. Die bäumenden Vierfüßler aber waren alle von den Jungen besetzt, die es als einen Eingriff in ihre Vorrechte betrachteten, daß auch ein Mädchen in den Sattel steigen wollte, und mich überall zurückdrängten. Es war eine allgemeine Verschwörung, mich nicht ankommen zu lassen, und unzählige Male mußte ich das Karussell ohne mich abgehen sehen. Ich war ganz trostlos vor Schmerz und Scham, daß man mich nirgends dulden wollte, und es fehlte nicht viel, so wäre ich weinend nach Hause gelaufen. Als das Karussell wieder einmal still hielt, sah ich einen herrlichen Rappen mit rund gebogenem Hals und wehender, hölzerner Mähne mir gerade gegenüber. Ich stürzte darauf zu, griff nach dem Steigbügel, wurde aber alsbald wieder gepackt und zurückgezerrt. Diesmal war es mein eigener Bruder, der mich wegzureißen suchte, doch ich hielt den Bügel fest, und ein gewaltsames Ringen entstand.

Schäm dich doch, Ada, keuchte er ganz außer sich – die Mädchen gehören nicht aufs Pferd, die Mädchen gehören in die Kutschen.

Nicht daß er das Pferd für sich gewollt hätte, aber als Musterknabe, der er war, konnte er es nicht ertragen, seine Schwester eine Ausnahme machen zu sehen. – Ich war zwar die jüngere, aber keineswegs erheblich schwächer und wehrte mich wie eine Löwin. Die Umstehenden lachten, der Aufwärter sagte begütigend: Was macht ihr, Kinder, es ist Platz für alle! Aufgestiegen! Jetzt fahren wir ab.

Er hatte gut reden, mein Bruder hielt mich an meinen langen, gelockten Haaren fest. Mit einem verzweifelten Ruck machte ich mich endlich los und ließ ihm mein rosa Band nebst einem Schopf Haare in den Händen. Aber als ich mich umsah, war mein Platz von einem Dritten genommen, und ich erkannte Werner Horst, der eine

Hand auf den Bügel des Rappen gelegt hatte. Mein Bruder schnitt mir eine schadenfrohe Fratze und hieß Werner rasch auf den Rappen steigen.

Warum denn? sagte dieser ruhig, indem er den Platz frei gab. – Deine Schwester war ja vorher da.

Aber die Mädchen gehören in die Kutschen, antwortete mein Bruder, indem er mit dem Fuß stampfte.

Dummheit, sagte Werner, während ich schon triumphierend im Sattel saß.

Meinem Bruder blieb nichts übrig, als sich im Gewühl davonzuschleichen, nachdem er noch die Faust gegen mich geballt hatte. Werner sprang auf das freie Gäulchen neben dem meinigen, die Musik setzte ein, und fort ging es, als flöge man ins Himmelreich.

Werner nickte vergnügt zu mir herüber und sagte:

Du bist doch nicht so langweilig wie die anderen Mädchen.

Ich saß strack im Sattel, hielt mit einer Hand die Eisenstange, durch die mein Pferd an dem Gerüste befestigt war, und fühlte mich hoch erhaben über die zahmen Lämmchen in ihren blauen und rosa Kleidchen, die ringsum fein artig zu vier und vier in den Kutschen untergebracht waren. Stolz und glücklich blickte ich zu Werner hinüber, der mir auf einmal als ein ganz anderer erschien. Ich hatte alle Missetaten, deren er angeklagt war, vergessen und sah in ihm meinen Retter und Helden, denn es war mir aufgegangen, daß er sich nur eingemischt hatte, um den bestrittenen Platz für mich zu besetzen.

Warum sollen die Pferde nicht auch für die Mädchen sein? fragte ich, um aus seinem Munde die Bestätigung meiner Rechte zu vernehmen.

Die Pferde sind für alle, die reiten können, lachte er.

Also ich konnte reiten! Der Werner hatte es gesagt, und der mußte es ja wissen. Ich hob mich noch stolzer im Sattel und fühlte mich so sicher in meinem Amazonentum, daß ich die Stange losließ und mich auf meinem Pferdchen freischwebend erhielt. Die Musik grölte, die Kinder schrien und sangen, die Mechanik stöhnte, und wir drehten uns in wirbelnder Eile. Eine Verzückung hatte mich erfaßt; mir war's, als läge die Erde tief unter uns, und wir sausten zusammen furchtlos und selig durch die blauen Lüfte. Auf einmal stand das Karussell still, die Musik schwieg, und ein Mann ging herum und sammelte Geld ein. Auch ich reichte ihm ein Geldstück und wollte betrübt heruntergleiten. Aber Werner sagte: So bleib doch sitzen! – und ein neuer Wolkenritt begann, so berauschend und so kurz wie der erste. Noch mehrere Male blieben wir beide sitzen, bis all unser Geld verritten war, und es war immer noch viel, viel zu kurz gewesen. Zögernd stiegen wir endlich herunter. Das Dienstmädchen war mit einem Soldaten, der sie währenddessen angesprochen hatte, verschwunden. Ich befand mich ganz allein in dem Gewühl, allein mit Werner Horst. In meinem Freudenrausch fühlte ich mich ihm so nahe, als wäre er mein Bruder, nur ein besserer, liebevollerer Bruder, denn er zeigte mir keine Mißachtung dafür, daß ich ein Mädchen war.

Wir trieben uns eine Zeitlang zusammen auf der Festwiese zwischen den besetzten Tischen und Bänken herum, standen vor dem mit wilden Szenen bemalten Vorhang einer Tierbude, betrachteten voll Neugier das Lager einer braunen Zigeunerbande, die im Freien kochte, und fühlten uns in dem Gedränge unbeobachtet und selig. Endlich, als wir alles wohl beschaut hatten, sagte Werner:

Jetzt geh' ich in die Stadt Wasta, willst du mit?

Ob ich wollte! Ich hatte zwar keine Ahnung, wo die Stadt Wasta lag, noch was wir dort sollten, aber der fremdartige Name hatte es mir augenblicklich angetan. Werner lief voran, ich ihm nach, so schnell ich konnte, über Gräben, an einer Hecke entlang, dann quer durch einen Obstgarten, den ein Bach durchschnitt, der übersprungen werden mußte, und endlich schlüpften wir durch ein Pförtchen in unserer alten Stadtmauer, von der damals noch ein Stück erhalten war. Auf dem Wege machte Werner mehrmals Halt, um mich Atem schöpfen zu lassen und mir die Geschichte der Stadt Wasta zu erzählen, die vor langer, langer Zeit unter die Erde versunken war und nur einmal in tausend Jahren – und gerade heute – an die Oberfläche stieg. Dann führte er mich weiter eine bebaute Anhöhe hinauf und eine ebensolche hinunter, bis sich ein weites Rund vor uns auftat, das ganz mit altersgrauen Häuschen überdeckt war. Viele Gäßchen durchschnitten es die Kreuz und Quere, und in der Mitte lief eine breitere, gerade Gasse hindurch. Eigentlich war es nicht mehr und nicht weniger als unser alter Marktplatz, worauf die Jahrmarktsbuden standen, die heute als am Sonntag geschlossen waren. Und eigentlich wußte ich dies auch; aber als Werner mir sagte, wir befänden uns in Wasta, der versunkenen Stadt, wurde mir doch ganz wunderlich, und ich glaubte ihm alles. Die Buden waren aus grauem, vom Regen zerfressenen Lattenwerk hergestellt und sahen zum Teil wirklich aus, als hätten sie tausend

Jahre unter der Erde gelegen, weil die Krämer, die alljährlich unsere Frühjahrsmesse besuchten, größtenteils ihre eigenen Buden besaßen, die jedesmal über die Meßwoche auf dem Marktplatz aufgeschlagen wurden und in der Zwischenzeit friedlich in irgendeinem Schuppen ruhten. Doch dies kümmerte mich nicht, ich spazierte unter wonnigem Grausen mit meinem neuen Freunde durch die völlig verödeten Gassen von Wasta, an den leeren Häusern und Palästen hin, und erst nach längerem Schauen und Staunen fiel es mir ein, nach den Bewohnern zu fragen. Sie sind alle tot seit mehr als tausend Jahren, sagte Werner, und nun erzählte er mir eine lange, gruselige Geschichte vom Untergang der Stadt Wasta, die zur Strafe ihrer Sünden vor unvordenklicher Zeit mit Mann und Maus unter die Erde versunken war.

Ich fragte, was denn die Leute getan hätten, um eine so schwere Strafe zu verdienen; da antwortete er ruhig:

Sie waren alle Lügner, die ärgsten, die es je gegeben hat. Denn sie logen sogar den lieben Gott an, als er einmal auf der Reise nach Wasta kam. Da wurde er böse und verstieß sie allesamt unter den Boden.

Das ist ja gräßlich, sagte ich schaudernd. Kann man sie denn nicht erlösen?

Er sah mich mit einem halb traurigen, halb listigen Blicke an und sagte:

Man könnte schon, und deshalb kommt Wasta alle tausend Jahre wieder herauf, aber nur ein Mensch, der nie gelogen hat, könnte sie erlösen, und einen solchen gibt es nicht.

Oh, rief ich voll Tugendstolz, ich habe nie gelogen, vielleicht daß ich es versuchen kann.

Aber Werner schüttelte den Kopf und sagte:

Du kannst es nicht, niemand kann es, denn alle Menschen lügen, auch wenn sie es selbst nicht wissen. – Siehst du, dieses Haus ist das größte von allen. Darin wohnte der König. Er hieß Ferragut und seine Königin Thebasile. Sie wurden am tiefsten versenkt, weil sie vor dem lieben Gott geprahlt hatten, sie könnten mit trockenen Füßen auf dem Wasser gehen, was doch nur die Engel und die Heiligen können. Darum ist auch ihr Dach so schwarz, weil es am tiefsten in der Erde steckt. – Oh, ich könnte dir viele Geschichten von Wasta erzählen, denn ich weiß sie alle.

Jetzt wurde mir unheimlich. Laß mich fort, sagte ich, komm, ich mag nicht in Wasta sein.

Bist du denn furchtsam? fragte er geringschätzig.

Ich bin nicht furchtsam, aber ich mag nicht in Wasta sein.

Ei, so geh heim, sagte er.

Aber ich ging nicht, denn ich hätte mich noch weit mehr gefürchtet, allein durch die öden Brettergassen zu laufen. Also hielt ich mich dicht an meinen Begleiter, und dieser schleppte mich von Haus zu Haus, vor die Wohnung des Ministers, des Richters, des Pfarrers, bis vor ein ganz kleines Häuschen, von dem er sagte, daß hier der Totengräber wohne. Sie hatten alle Namen, merkwürdige, nie gehörte Namen, die ich nicht behalten konnte. Ich begreife heute noch nicht, wo er sie alle in der Schnelligkeit hernahm. Und plötzlich erfaßte ihn eine tolle Laune, denn er schlug mit den Fäusten an eine der nächsten Brettertüren und rief mit schmetternder Stimme:

Ihr Leute von Wasta, wachet auf, der Jüngste Tag ist da!

Und ich, vom gleichen Fürwitz gestochen, klopfte ebenfalls und schrie aus vollem Halse:

Habt ihr noch nicht genug, ihr Schläfer? Stehet auf, es ist an der Zeit! – und ähnliche Torheiten, mit denen wir uns gegenseitig ansteckten. Wir galoppierten die ganze Straße hinauf, schlugen an jedes Haus, riefen den König Ferragut und die Königin Thebasile sowie Minister, Richter und Pfarrer aus dem Schlafe, bis wir durch den Klang unserer eigenen Stimmen und das Gepolter eines unachtsam angestoßenen Balkens in solchen Schreck versetzt wurden, daß wir atemlos davonstürzten und nicht eher haltmachten, bis wir die Straße erreichten, wo unsere Häuser lagen. Dort trafen wir auf einen großen Menschenschwarm, der von der Festwiese nach der Stadt strömte, und unter der Menge war auch unsere Christine, die mich in tausend Ängsten gesucht hatte. Natürlich nahm sie mich gleich beim Wickel und drohte, mich beim Vater zu verklagen, es lief aber gut ab, denn sie hatte mindestens ebensoviel Ursache wie ich, ihre Erlebnisse zu verschweigen.

Der verbotene Bund blieb noch eine ganze Weile verborgen, obgleich ich nichts weniger als vorsichtig war und an jedem Abend auf die Gasse oder in den großen Obstgarten lief, wo ich sicher war, Werner zu treffen. Ohne Verabredung fanden wir uns immer ganz von selbst zusammen. Meist kam er über die Mauer gestiegen, die das Anwesen seiner Eltern von unserem Obstgarten trennte. Wie es kam, daß man uns nie beisammen sah, weiß ich selber nicht, wahrscheinlich dadurch, daß wir uns mehr in den Kronen der Bäume, als auf der Erde bewegten. Werner kletterte wie ein Eichhörnchen, und ich lernte diese sowie manche andere schöne Kunst von ihm. Durch die Kränklichkeit meiner Mutter war ich größtenteils ohne Aufsicht, denn zwischen mir und Christinen bestand das stillschweigende Einverständnis, daß sie des Abends mit ihrem Soldaten ging und mich im Obstgarten bei Werner ließ. Er hatte immer Zeit für mich übrig, denn wenn Erich noch bei angezündeter Lampe über seinen Schulaufgaben schwitzte, hatte Werner schon lange vor Sonnenuntergang seine Vokabeln gelernt, sein Schriftliches bereinigt und trieb sich mit mir im Garten herum. Das Lernen war ihm nur ein Spiel, und er setzte durch die Schnelligkeit seiner Auffassung die Lehrer in Erstaunen. Nur im Rechnen bekam er schlechte Noten, mein Bruder sagte, es sei das einzige, was ihm schwer falle.

Ich bemerkte das einmal gegen ihn, da antwortete er stolz:

Das Rechnen fällt mir nicht schwer, es langweilt mich bloß. Wenn ich wollte, so *könnte* ich rechnen.

Welches Glück ich in seiner Freundschaft fand, das läßt sich gar nicht in Worte fassen. Um es zu verstehen, müssen Sie wissen, daß ich nicht in die Schule geschickt, sondern zu Hause unterrichtet wurde und folglich keine Kameradinnen besaß. Ich verstand mich überhaupt nicht mit den kleinen Mädchen, die ich wie Werner langweilig fand, und da mein Bruder sich nicht mit mir abgab, hatte ich meine kleine Welt bisher einsam mit mir herumgetragen. Jetzt besaß ich einen Freund, der mich achtete und vor dem sich alle anderen duckten, den ›Besten in der Klasse‹, wie mein wohlerzogener Bruder sagte. Die Freundschaft mit Werner trug mir sogar Erichs Achtung ein. Der Gute, er wußte die Naturgabe zu schätzen, denn er war selber strebsam, obgleich ihm das Lernen schwer wurde. Um so mehr bewunderte er Werner, wenn er sich auch, dem elterlichen Gebot gehorsam, von ihm fernhielt, und jedenfalls war ich sicher, daß er unsere Freundschaft nicht verriet.

Der Besuch in Wasta hatte einen ungeheuren Eindruck auf mich gemacht, und oft fragte ich Werner: Wann gehen wir wieder nach Wasta? – aber er hatte jetzt andere Geschichten im Kopf, denn es lag nicht in seiner Art, bei einer Sache lange zu bleiben – Wasta war in die Erde versunken und kam erst in tausend Jahren aufs neue zum Vorschein.

Niemand hat mir jemals wieder Geschichten erzählt wie Werner Horst, und die Welt, in der ich jeden Tag mit ihm lebte, habe ich später nur in der Dichtung wiedergefunden.

Aber der Rosenbusch unserer Freundschaft trug auch Dornen, die mich zuweilen schmerzhaft stachen. Gleich bei unserem ersten Wiedersehen blickte mich Werner längere Zeit mißbilligend von der Seite an und bemerkte endlich:

Du bist ja gar nicht mehr so schön, wenn du das weiße Kleid mit den rosa Bändern nicht anhast.

Was hätte ich drum gegeben, alle Tage das weiße Kleid anziehen zu dürfen; ich bat und bettelte jeden Morgen darum, aber Christine, die es zu waschen und zu bügeln hatte, nahm meine Bitten sehr unwirsch auf, und mein Bruder, der ein Topfgucker war, sagte:

Ist die Ada toll? Das weiße Kleid am Werktag? Was würden da die Leute sagen?

Ich war eigentlich ein dummes Kind, wenigstens ein unerhört leichtgläubiges, und das muß es vor allem gewesen sein, was den viel begabteren Werner so an mich fesselte. Die Dinge, die er in seinem Kopf mit unwiderstehlichem Drang zusammenbraute, wurden durch meine innige Überzeugung zu lauter Wirklichkeiten. Und wenn es einmal gar zu abenteuerlich herging, daß ich denn doch stutzig wurde, sagte er nur:

Es ist wahr, das Prinzeßchen hat mir's gesagt –

Dann staunte ich mit aufgerissenen Augen und glaubte sofort wieder alles.

Wer ist denn das Prinzeßchen? fragte ich ihn zu öfteren Malen. Aber er antwortete nichts als: Das Prinzeßchen ist eben das Prinzeßchen, – und damit mußte ich mich zufrieden geben.

Bei alledem hatte ich doch eine Ahnung, daß ich mich mit ihm in einer Welt der Täuschungen befand, aber sie war für mich ebenso wahr und vorhanden wie die Welt der Tatsachen, nur daß ich keine handgreiflichen Proben ihres Daseins verlangte, wie es Werners Schulkameraden zu tun pflegten, und deshalb stand unsere Freundschaft auf festem Boden. Nur wenn seine Geschichten sich ins Wilde und Grausame verirrten, mochte ich sie nicht mehr anhören. Dann ärgerte er sich und sagte voll mitleidiger Geringschätzung: Es ist doch etwas zu Dummes um so ein Mädchen, – aber er zog doch wieder gelindere Saiten auf. Am liebsten erzählte er vom ›Monitor‹ und ›Merrimac‹. Das waren zwei Ungeheuer, die im Atlantischen Ozean hausten und sich immerfort bekriegten. So oft er kam, wußte er eine neue Begebenheit, die zwischen ihnen vorgefallen war, zu erzählen. Jede Phase ihrer unendlichen Kämpfe stellte er mir dramatisch dar und nötigte mich, selber dabei mitzuspielen. Ich mußte mich aufblasen und ungeheuren Dampf auspusten. Schnaubend kam er angerannt, und ich fürchtete mich jedesmal entsetzlich, denn wenn er einmal versichert hatte, daß er jetzt der Merrimac sei, so war es mir ganz unmöglich, ihm nicht zu glauben. Nichts konnte ihn so erbosen, als wenn ich keine Lust hatte, Monitor zu sein, und ihn mit Tränen bat, doch selber wieder der Werner Horst zu werden. Durch die Drohung, er gehe weg und werde nie mehr mit mir spielen, machte er mich immer aufs neue willfährig. Die beiden Ungetüme mußten auf den Wogen gegeneinander heranrasen, sie wühlten um sich her das Wasser auf und spien Feuer aus ihren Nüstern. Ihre Brust war von Eisen und jedem Stoß gewachsen. Aber leider war meine Brust nicht von Eisen, und ich erhielt häufig Püffe, die mich zu Boden warfen, was dann Zank und Tränen nach sich zog. Eines Tages hatte unser Kampf, bei dem der Monitor zum Rückzug blies, sich bis an das seichte Lauterufer, an das unser Obstgarten grenzte, hinabgezogen. Ich spritzte Wasser gegen meinen Feind, um die Täuschung zu erhöhen; da wurde in Werner die Kriegslust übermächtig, er rannte mich nieder und drückte mir den Kopf ins Wasser, daß ich fast ertrank. Natürlich gab es ein fürchterliches Geschrei und die Dazwischenkunft der beiderseitigen Eltern, die mit einer Tracht Prügel für Werner endigte.

Erst viele Jahre später, als ich erwachsen war, erfuhr ich, was es mit dem Monitor und Merrimac auf sich gehabt hatte: nämlich, daß es die zwei feindlichen Kriegsschiffe, die ersten gepanzerten, im amerikanischen

Sezessionskrieg waren, der in unsere früheste Kindheit fiel. Werner mußte irgendwo von ihnen gehört oder Abbildungen gesehen haben, die sich in seiner Phantasie zu zwei feuerspeienden Seedrachen umgestalteten.

Unsere Beziehungen waren also durch die Seeschlacht an den Tag gekommen, und ich muß mich nachträglich wundern, wie sie so lange verborgen bleiben konnten. Natürlich hütete ich mich wohl, zu gestehen, wie nahe ich daran gewesen war, von Werner ertränkt zu werden, sondern stellte meinen Sturz ins Wasser als ein zufälliges Mißgeschick dar, das man bei der Seichtigkeit des Flußbettes nicht tragisch nahm. Dagegen waren meine Eltern sehr überrascht, mich in so anrüchiger Gesellschaft zu finden, und das Verbot, mit Werner umzugehen, wurde strengstens erneuert.

Doch dies hinderte mich nicht, am nächsten Abend wieder auf der Obstwiese zu warten, bis er über die Mauer stieg, und als man uns dabei ertappte und Werner den Garten verbot, wußten wir uns anderswo zu finden. Man drohte mir mit Einsperren und sogar mit Schlägen. Ich war nie geschlagen worden, und der Gedanke, daß eine Hand mich in unfreundlicher Absicht berühren könnte, war mir fürchterlich; aber von Werner konnte ich nicht lassen. Wagte er alles für seine romantische Welt, so wagte ich alles für seine Gesellschaft.

Er hatte eine Schwester namens Anna, ein blasses, verkümmertes Geschöpf, das ein paar Jahre älter, aber viel kleiner war als er und sich sehr gesetzt und wohlerzogen benahm. Sie kränkelte immer und hatte etwas Scheues, Trauriges in ihrem Wesen. Es hieß von ihr: Sie ist eifersüchtig. Darunter konnte ich mir nichts Bestimmtes vorstellen, aber es erhöhte den unbehaglichen Eindruck, den dieses Kind mir auf den ersten Blick gemacht hatte.

Die Geschwister liebten einander nicht, denn Anna brachte jedes Versehen ihres Bruders zur Anzeige. Deshalb mochte ich sie auch nicht leiden, obgleich sie sich eine Zeitlang Mühe gab, mich zu gewinnen, was mir als der viel Jüngeren doch hätte schmeicheln müssen. Aber Werner sagte: Das tut sie nur, weil du zu mir hältst – und Werners Worte waren mir das Evangelium.

Diese Anna kundschaftete jetzt das neue Versteck aus, das wir hinter der Schloßmauer unfern unserer Häuser gefunden hatten. Dort lagen zu unbekanntem Zweck ein paar behauene Stämme aufgeschichtet, auf denen wir spielten. Werner zog einen von ihnen so weit aus dem Haufen hervor, daß wir uns beide rittlings darauf setzen konnten, er peitschte den Balken mit einer Gerte, wir schwippten beide aus Leibeskräften, und das nannten wir ›Karussellfahren‹. Der Balken bewegte sich zwar nicht im geringsten, weil er zu fest eingekeilt war, wir ritten aber gleichwohl durch die Lüfte und erlebten die wunderbarsten Abenteuer. Don Quijote und sein Sancho können nicht überzeugter auf den ›Zapfenhölzern‹ gesessen haben. Mein Freund sang dazu mit schmetternder Stimme wilde Kriegslieder, indianische Schlachtgesänge und ähnliches, in, wie ich glaube, sehr freien Rhythmen, denn er hatte sie selbst verfaßt. Mich begeisterten sie jedenfalls gewaltig, besonders weil der Feind nicht zum Vorschein kam, und ich schrie aus vollem Halse mit.

Da stand mit einem Male die blasse Anna vor uns und sagte: wenn wir sie mitspielen ließen, so wolle sie versprechen, uns nicht anzugeben. Aber Werner geriet in den größten Zorn und jagte sie mit seiner Gerte davon.

Stehenden Fußes ging sie zu meinen Eltern und teilte ihnen mit, wo ich zu finden sei. Bei dieser Gelegenheit aber zeigte sich meines Vaters Weisheit im hellsten Lichte; er sah ein, daß er mit keinem Machtwort gegen meine Leidenschaft aufkommen konnte, und zog es vor, sein Ansehen nicht weiter aufs Spiel zu setzen. Ich wurde einfach von Christine nach Hause geholt und bekam kein böses Wort wegen meines Ungehorsams zu hören. Im Gegenteil, des anderen Tages machte die Mutter einen Besuch bei Rektors, und die Folge war, daß Werner die Erlaubnis erhielt, in unserem Haus und Garten unter Aufsicht der Großen mit mir zu spielen. Dagegen wurde auch ich zu Rektors eingeladen, und die Anna kam zu uns, denn meine Mutter fand es unpassend, daß ich mit dem Bruder Freundschaft haben wollte und mit der Schwester nicht.

Werners Ruf hatte sich nämlich gebessert, seitdem er nicht mehr von Hause weglief, noch seine Kameraden verführte, sondern seine Freistunden mit mir als ›Merrimac‹ zubrachte. Auch hatte sich seit lange niemand beschwert, von ihm angelogen worden zu sein, vielleicht, weil er an mir eine immer willige Abnehmerin seiner phantastischen Einfälle hatte. Mitunter kam es jetzt auch den Großen bei, ihn so zu sehen, wie das untrügliche Gefühl der Kinder ihn von allem Anfang an erkannt hatte. Besonders mein Vater gab sich gern mit ihm ab und bemerkte einmal gegen die Mutter, es stecke ein ganz eigener Geist in dem Jungen, denn er tue, ohne altklug zu sein, bisweilen Äußerungen, die für manchen Erwachsenen zu tief wären.

Ein eigener Geist war auch wirklich in ihm. Er wußte viele Dinge voraus, die richtig eintrafen, besonders solche, die sich auf ihn selbst bezogen, und die ganze Art eines Menschen bezeichnete er oft mit einem einzigen Wort.

So lebhaft mir noch jeder Zug seines Wesens in Erinnerung ist, so wenig könnte ich die Züge seines Gesichts beschreiben. Nur seine Augen sehe ich noch ganz deutlich vor mir, sie hatten zuweilen einen Glanz und Ausdruck, den ich in keinem anderen Auge mehr gesehen habe, es war wie das Licht einer anderen Welt, das aus ihnen schien. Und noch eine Einzelheit ist mir geblieben: er hatte ein kleines blaues Äderchen auf der Stirn zwischen den Augenbrauen, das unsere Christine das ›Kirchhofblümchen‹ nannte; denn sie pflegte zu sagen, daß Kinder mit solchen Adern auf der Stirn nicht groß würden.

Nachträglich muß ich mich wundern, wie Werner es fertig brachte, seine Freundschaft mit einem kleinen Mädchen gegen die ganze Meute seiner Schulkameraden aufrechtzuerhalten, denn auch die Welt der Kinder hat ihre Konventionen. Bei uns waren die ›Mädeln‹ (ein Wort, das nur mit schief gezogenen Mundwinkeln ausgesprochen wurde) von den ›Buben‹ tief verachtet, und wer sich mit ihnen abgab, der sank zum gleichen Pariatum herab. Eine Zeitlang drohte auch Werner dieses Schicksal. Denn eines Tages, als sie aus der Schule kamen, umringten ihn seine Kameraden und sangen ihm ein Spottlied zu, das gegen die ›Mädlesfüßler‹, das heißt solche, die den Mädchen nachgingen, im Schwang war. Aber sie waren mit ihren Hänseleien an den Unrechten gekommen. Werner geriet in einen seiner sinnlosen Wutanfälle, die alle an ihm kannten. Ohne zu denken, daß er einer gegen viele war, warf er sich auf den, der ihm zunächst stand, und obgleich die ganze Bande sich an ihn hängte, richtete er den armen Teufel mit Stoßen, Schlagen und Treten entsetzlich zu. Er selbst ging blutend und zerbissen, aber doch als Sieger aus dem Kampfe hervor, denn er hatte den Platz behauptet, und sagte zu seinen Kameraden:

So, ihr habt gesehen, daß ich mir nichts befehlen lasse. – Jetzt sage ich freiwillig: ich spiele nicht mehr mit der Ada.

Er kam zu mir in den Garten und rief mir zu: Lebwohl, Ada, ich spiele nicht mehr mit dir, es schickt sich nicht, du bist ja nur ein Mädchen.

Sprach's, drehte mir den Rücken und kletterte über die Mauer zurück. Ich stand wie vom Blitz getroffen und fand kein Wort der Erwiderung. Mehrere Tage blieb er aus; ich ging in dieser Zeit wie geistesabwesend herum und verschluckte meine Tränen, damit die Großen nichts merken sollten. Mein Bruder sah mich oft schadenfroh von der Seite an, denn er wußte ganz genau, was vorging, und er äußerte zuweilen wohlweise: Die Mädeln gehören zu den Mädeln und die Buben zu den Buben.

Aber schon nach ein paar Tagen kehrte Werner von selbst zu mir zurück, denn er konnte meine Gesellschaft nicht auf die Länge entbehren. Zu seinen Kameraden sagte er: Daß ihr's nur wißt: ich spiele wieder mit der Ada – worauf ihm diese einmütig antworteten: Spiele, mit wem du willst, das kann uns einerlei sein.

Fortan ließen sie ihn in Ruhe, und unsere Freundschaft erlitt keine weitere Trübung mehr. Werner bedurfte meines unbegrenzten Glaubens und meines nimmersatten Zuhörens. Mir konnte er auch anvertrauen, was er einem Knaben nicht anvertraut hätte: das Geheimnis seines Lebens. Er haßte seinen Vater von der frühesten Kindheit an. Schon in seinen allerersten Vorstellungen stand sein Vater als der Zuchtmeister da, der für jede Übertretung den Stecken bereit hat. Nie erinnerte er sich eines guten Wortes oder einer Liebkosung von ihm, ja er würde eine solche verabscheut haben, mehr als die Hiebe, die er erhielt. Seinem Vater einen starren Trotz zu bieten, in nichts ihm nachzuleben, bei Drohungen zu lachen und bei Mißhandlungen mit keiner Wimper zu zucken, das war für jetzt sein höchster Ehrgeiz. Aber später – da sollten sie schon sehen. Da sollte es ihnen leid tun, daß sie keine Liebe in ihm erweckt hatten, auch der Mutter und der Anna. Denn er war ja viel mehr als sie alle, und es war ja sicher und ausgemacht, daß er ein sehr mächtiger und reicher Mann werden würde; die Seinigen aber sollten keinen Teil an seinem Glücke haben, denn er wollte weit, weit fort, so weit, daß sie ihn gar nicht mehr zu Gesicht bekämen.

Dann pflegte ich sehr beklommen zu fragen: Ich auch nicht, Werner?

Worauf er gewöhnlich antwortete: Dummes Mädel, du gehst ja mit – als ob sich das von selbst verstünde.

Mit dieser Aussicht half ich ihm gern an seinen Luftschlössern bauen. Es sollte alles ganz herrlich werden in der Zukunft. Ein Haus wollten wir haben, das auf einer ganz kleinen Insel mitten im Meere lag, und woran bei Tag und Nacht die Wellen brandeten. Und in buntbeflaggten Schiffen wollten wir fahren, auf Kamelen wollten wir in die Wüste reiten. Wenn er nur erst einmal zehn Jahre alt war – und dann zwölf – und schließlich fünfzehn –

›Fünfzehn!‹ rief ich schwindelnd vor der Höhe dieser Zahlen – aber dann sind wir ja uralt! – Denn schon das zehnte, das für mich noch in weiter Ferne lag, erschien uns als der Wendepunkt, hinter dem die Welt der Großen sich auftut. Wäre es nur erst so weit! Wir zählten die Monate und die Tage, die uns noch von diesem erlösenden Zeitpunkt trennten. Denn daß sofort alles anders werden mußte, wenn Werner das zehnte Jahr erreicht hatte, das stand über jedem Zweifel: er wußte es von dem Prinzeßchen.

Noch immer wollte er mir nicht sagen, wer das Prinzeßchen eigentlich war, aber so viel hatte ich begriffen, daß es nicht in Fleisch und Bein wie andere kleine Mädchen umherging. Gar zu gerne hätte ich es einmal gesehen, aber er tat sehr geheimnisvoll damit, und nur, wenn ich dringend wissen wollte, wie es aussehe, antwortete er:

So wie du, wenn du dein weißes Kleid anhast.

Ich glaube, daß Werners Phantasie ihn zu großen Übertreibungen verleitete, wenn er von seines Vaters Härte und von den Verfolgungen, denen er ausgesetzt war, erzählte. Die traurige Wahrheit, die ich natürlich erst viel später durchschaute, war die, daß die beiden Naturen geschaffen waren, einander zu verkennen und abzustoßen. Werner hatte unglückseligerweise gar keinen Sinn für Tatsachen, er schob dieselben hin und her und sprang mit ihnen um, wie es ihm eben paßte, und was er anderen sagte, das glaubte er selber felsenfest. Diese

Eigenheit und die ganze Neigung zu fabulieren hielt der Alte für diabolische Einwirkung und trachtete, sie mit Stumpf und Stiel in ihm auszurotten. Er war ein beschränkter Pedant von enger Redlichkeit und eiserner Strenge: nach Werners Schilderungen aber erschien er als der scheußlichste Tyrann und Wüterich. In Wahrheit hing er jedoch viel mehr an Werner als an der Tochter, und ganz im Grund seiner Seele war er sogar äußerst stolz auf diesen begabten Sohn, von dem alle mit Bewunderung sprachen. Nur hielt er es für seine väterliche Pflicht, ihm dies niemals zu zeigen und dem Knaben mit überlegter Strenge zu begegnen, was zu beiderseitiger unheilbarer Verbitterung führte. Die Mutter, eine brave, spießbürgerliche Frau, war viel zu unbedeutend, um zwischen Sohn und Vater zu vermitteln. Sie hetzte sogar, durch Anna aufgestachelt, obgleich auch sie sich mächtig viel auf ihren Werner einbildete. Darum schloß sie auch der Knabe, wiewohl mit gemäßigterem Groll, in die Abneigung gegen seinen Vater ein. Ich war von einem womöglich noch größeren Abscheu gegen die Seinigen erfüllt und half ihm die abenteuerlichsten Fluchtpläne spinnen. Es wurde verabredet, daß wir beide unser kleines Taschengeld in die Sparbüchse legen sollten bis zu dem großen Augenblick, wo wir den Flug in die Welt antreten würden. Und was mich betrifft, so habe ich auch das Abkommen treulich gehalten, denn all die größeren und kleineren Silbermünzen, die ich im Laufe des Jahres von Eltern und Tanten geschenkt bekam, wanderten in das aufgesperrte Maul eines glänzend schwarzen porzellanenen Mohrenkopfes, dem sie nur wieder zu entreißen waren, wenn man ihn selbst zerschmetterte. Wie viel er enthielt, das wußte ich selber nicht, aber häufig labte ich mein Ohr an dem Geklapper der Silberstücke, was mir manchen ›alten Geizhals‹ von meinem Bruder eintrug. Wer dagegen gar nicht sparen konnte, das war Werner. Was er besaß, verbrauchte er sogleich oder ließ es sich von seiner Schwester abbetteln, denn er war zu stolz, um jemals eine Gabe, um die man ihn anging, zu verweigern. Die Anna besaß ein Kästchen mit Schlüssel, damals unter Kindern ein unerhörter Besitz, und darein verschloß sie alles, was sie ergattern konnte. Sie ließ uns andere niemals einen Blick hineinwerfen, aber ich wußte durch Werner, daß es ganz voll war von schönen Sachen, die unsere große Sehnsucht erregten, wie Farben und Farbenschalen, bunten Bleistiften und anderen Herrlichkeiten, und ganz hinten in einer Ecke stand eine Puppentasse, in der sie ihr Gespartes aufbewahrte. Wie wichtig uns dieser Kasten erschien, und wie wir uns dennoch mit unseren wenigen Habseligkeiten, die aller Welt gehörten, so hoch über die reiche Knauserin erhaben dünkten, das ist eine Empfindung, die ich noch heute nachfühlen kann.

Wenn ich die Daten nachrechne, so sehe ich, daß unsere Freundschaft etwa zwei und ein halbes Jahr gedauert hat, in meiner Erinnerung aber ist es ein ganzes Menschenleben. Tage waren wie Jahre und Jahre wiederum wie ein einziger Tag. Der Frühling wurde zum Sommer, der Sommer zu Herbst und Winter, und wir lebten in immer gleicher Fülle des Daseins, wozu auch unsere kleinen – für uns so großen – Nöte und Schmerzen gehörten. Goldene Kindheit, die im Grunde unser wahres Dasein ist! – Denn was später kommt, ist nur eine vergrößerte und vergröberte Wiederholung.

Das ›Prinzeßchen‹ lebte noch immer als mythische Person in meiner Vorstellung, denn Werner tat sehr geheimnisvoll damit, nur bisweilen sagte er:

Warte, in der Vakanz, wenn ich einmal recht viel Zeit übrig habe, führe ich dich zu ihr.

Und er erzählte mir, daß sie mitten im Walde in einem Rosengärtchen wohne, das noch von keinem als von ihm entdeckt worden sei. Ein Schulfreund, dem er einmal davon gesprochen, habe es einen ganzen Nachmittag vergeblich gesucht und ihn dann als einen Lügner verschrien. Das Gärtchen sei nämlich nicht für jedermann sichtbar, und er selber habe es danach lange Zeit nicht wieder finden können. Jetzt laufe er jeden Sonntagmorgen dorthin, wenn er sich nämlich um die Kirche drücken könne, und zur Beglaubigung brachte er sogar einmal ein Geschenk vom ›Prinzeßchen‹ mit: einen flaumigen, ganz mit grünem Haar umsponnenen Ball, der an einem Rosenzweig gewachsen war und einen wunderbaren, wildfrischen Geruch ausströmte. Er sagte, es sei ein ›Schlafapfel‹, und wer ihn des Nachts unter sein Kopfkissen lege, der bekomme davon die herrlichsten Träume. Natürlich legte ich ihn gläubig jeden Abend unter mein Kissen; ob ich eine Wirkung davon verspürte, erinnere ich mich jedoch nicht mehr.

So sehr ich auch danach brannte, den Garten des ›Prinzeßchens‹ zu sehen, dauerte es doch einen ganzen Sommer, bevor mir eine erneute Unpäßlichkeit meiner Mutter, die mit einer Verschickung Christinens zusammenfiel, die Gelegenheit gab, mich für einen Nachmittag zu entfernen.

Es war ein göttlicher Herbsttag, als wir zwei kleinen

Leute Hand in Hand die sogenannte ›lange Steige‹, einen steilen Waldpfad hinter der Stadt, hinaufklommen. Der Wald lag noch in voller Sommerschönheit, nur da und dort mit einem Anflug von Vergoldung. Wir liefen quer durch Laub- und Nadelholz und gelangten auf eine tief versteckte Waldblöße, die geheimnisvoll von einem wuchernden Rosengebüsch umhegt war. Mein Gefährte zeigte mir ein ganz in der Hecke verborgenes, festverschlossenes Pförtchen mit verrosteten Angeln. Wir arbeiteten mit unseren Leibern eine Öffnung durch die dünnste Stelle der Hecke, die Werner schon des öfteren durchgelassen hatte, und drangen in den Zaubergarten ein. Er war völlig verödet und verwildert, aber dabei das Traumhafteste, was ich je gesehen habe. Nur Rosen wuchsen darin, Rosen in allen Schattierungen und in einer für die Jahreszeit ganz überraschenden Fülle. Wem gehörte der Garten? Ich habe es nie erfahren. Vielleicht einem stillen Sonderling, der sich diese märchenhafte Einöde geschaffen hatte und dann weggestorben war, indem er sie gleichgültigen Erben überließ, die nichts damit anzufangen wußten. Denn niemals begegnete man dort einer lebenden Seele. Nach Werner gehörte der Garten dem ›Prinzeßchen‹. Wir gingen darin auf und ab, bogen die Rosen an ihren hohen Zweigen zu uns herunter, berochen sie, freuten uns an den rotgoldenen Käfern, die in den Kelchen saßen. Das Prinzeßchen ließ sich zwar nicht blicken, aber das bemerkte ich eigentlich nicht. Und als mir Werner nachher erzählte, daß das Prinzeßchen dagewesen sei mit einem goldenen Krönchen auf dem Kopf und uns die unglaublichsten Sachen gezeigt habe, ließ ich mir's auch gefallen.

Es war alles so seltsam und weltverlassen. Zwischen den grünen Rasenflecken erkannte man noch die Spuren ehemaliger Kieswege, auf denen die Wurzeln der Rosenbäumchen junge Schößlinge trieben. Am hinteren Ende des Gartens lag eine Zisterne, die zu halber Höhe mit grünlich faulem Wasser angefüllt war. Ein Laubfrosch quakte darin. Leuchtende Schmetterlinge jagten sich über den Beeten, und große Amseln mit gelben Schnäbeln kamen zutraulich nahe herangehüpft. Ganze Ströme von Wohlgeruch wogten durch den Garten, und der köstlich frische Duft der ›Schlafäpfel‹ mischte sich darein, die massenhaft an der Hecke wuchsen. Ich suchte sie zu brechen, aber sie zerkratzten mir mit ihren Dornen die Hände; dagegen schnitt Werner mit seinem Taschenmesser so viele davon ab, als nur in unseren Taschen Platz finden wollten.

Plötzlich hielt er inne und sagte:

Horch! – Gleich wird es regnen.

Ich staunte, denn das Stück Himmel über uns war völlig blau, die Sonne schien, und die Vögel sangen, aber Werner hatte es gesagt, und Werner mußte es wissen.

Hat das Prinzeßchen dir das gesagt?

Nein, der Fink sagt es.

Was sagt er denn? fragte ich verwundert.

Hörst du nicht? Er sagt: Schütt! Schütt! Schütt!

Ich horchte, und nun vernahm ich es gleichfalls deutlich: Schütt! Schütt! Schütt!

Wir müssen gehen, damit du nicht naß wirst, sagte er und lief voran, der Öffnung zu, die wir in die Hecke gerissen hatten. Aber noch ehe wir uns ganz durchdrängen konnten, rauschte es in den Bäumen, wie vom Fittich eines Riesenvogels, und ein gewaltiger Regen ging nieder. Die Sonne verbarg sich, die Vögel waren alle verschwunden, nur der Fink rief noch ein paarmal sein Schütt! Schütt! immer lauter und durchdringender, als ob er jemand zu warnen hätte; dann verstummte auch er, und man hörte nichts mehr als das Prasseln des Regens auf den dichten Baumkronen und das dumpfere Niederrauschen auf dem gelichteten Grund.

Werner hatte mich bei der Hand gefaßt, wir duckten uns beide unter einen hohen Erlenbusch am Rand des Waldes, voll Schrecken über die so jählings eingebrochene Dunkelheit; denn wenn Werner einmal von der Phantasie gepackt war, so fürchtete er sich fast noch mehr als ich. Doch der Regen hörte ebenso plötzlich auf wie er gekommen war, die Sonne drang noch einmal hervor, und wir jagten in großen Sprüngen durch den Wald, die ›lange Steige‹ hinab nach Hause, wo wir mit trockenen Kleidern, aber ganz durchweichten Schuhen ankamen. Ich gab vor, unter einem Birnbaum auf der Obstwiese den ganzen Regen verschlafen zu haben, denn durch den Umgang mit Werner war meine gepriesene Wahrheitsliebe neuerdings bedenklich ins Wanken geraten.

Seit jenem Tag hatte ich nichts anderes mehr im Kopf als das Prinzeßchen und seinen Garten. Dieser wurde in der Erinnerung immer schöner und die Dinge, die dort geschehen waren, immer märchenhafter, denn so oft wir davon sprachen, dichtete Werner neue Züge hinzu, die alle willig von mir als erlebte anerkannt wurden. Ich geriet auf den Gedanken, meine große Staatspuppe als ›Prinzeßchen‹ zu kleiden. Sie erhielt ein weißes, durchsichtiges Kleid mit goldenen Sternen, das ich aus einem alten Ballkleid meiner Mutter herausschnitt; Werner verfertigte ihr ein Krönchen aus Goldpapier, das schön zu ihren flächsernen Haaren stand, und damit nicht zufrieden, behängte ich sie noch mit allen Kostbarkeiten, die ich finden konnte, eigenen und fremden, und ich schonte auch den Schmuckkasten meiner Mutter nicht, die mich in ihrer unbegrenzten Güte nehmen ließ, was ich wollte, ohne nur zu fragen, wo ich es hinbrachte. Werner fühlte sich zwar zu sehr in der Würde seines Geschlechts, um selber mit der Puppe zu spielen, aber er machte mich als Sachverständiger darauf aufmerksam, wo es ihr noch fehlte, um ganz ›Prinzeßchen‹ zu sein. Dann setzten wir sie also herrlich angetan im hintersten Winkel unserer Holzkammer, wo ich sicher war, daß Erich sie nicht entdecken würde, aufrecht auf einen mit Seidenfetzen behängten Schemel und besuchten sie täglich. Das gab eine herrliche Unterhaltung für die jetzt beginnenden nassen Herbsttage. Wir brachten ihr Geschenke wie einem wundertätigen Madonnenbild und trugen zu diesem Zweck wie die Raben alles Glänzende, dessen wir habhaft werden konnten, zusammen. Was auf ihr selbst keinen Platz hatte, das wurde um sie her aufgehäuft. Auch führten wir Tänze vor ihr auf, von denen angenommen war, daß sie ihr besonders wohlgefällig seien. Dafür gab sie Antwort, wenn wir sie befragten; denn das ›Prinzeßchen‹ wußte alle Dinge, die vergangenen und die künftigen. Wenn ich sie anredete, sprach sie mit Werners Stimme, und ihm antwortete sie mit der meinigen. Aber sie war ganz unberechenbar. Denn mitten in der ausgelassensten Lustigkeit gab sie seltsame Schicksalssprüche von sich, aus denen die verdüsterte Seele des Knaben wie im Traume sprach.

Armer Werner, sie hatten ihn schon zu viel gequält mit ihrer Pädagogik und ihren unglücklichen Besserungsversuchen und hatten ihm den unbefangenen Kindersinn getrübt. So einmal, als ich wissen wollte, wie das Schloß aussehen würde, das Werner mir zu bauen versprochen hatte, wenn er groß wäre, antwortete die Puppe zu meinem Befremden:

Er kann dir das Schloß nicht bauen, du dummes Kind, weil er gar nicht groß wird.

Und auf meine Frage, warum er denn nicht groß werde, kam es mit der bestimmtesten Überzeugung:

Weil der Werner sterben muß.

Einen Augenblick war ich betreten, und er selber auch, denn er sagte solche Dinge ohne Absicht in völliger Geistesabwesenheit; aber gleich darauf tollten wir wieder wie zwei Besessene durch die Holzkammer.

Unter anderen Gaben hatte Werner der Puppe auch eine große goldene Münze, die oben durchlöchert war, mitgebracht. Ich zog einen Goldfaden hindurch und hing sie der Puppe um den Hals; wir nannten diesen Schmuck ihren ›Vollmond‹.

Natürlich fiel mir nicht ein, zu fragen, woher die Münze gekommen sei. Werner hatte sie aus dem Kästchen seiner Schwester, das unglücklicherweise einmal offen geblieben war, herausgenommen. Da er selber alles hergab, hatte er keinen klaren Begriff vom Mein und Dein. Ohnehin war das Kästchen ganz voll von kleinen Sachen, die ihm geschenkt worden waren, und die er auf Befehl seiner Eltern oder aus eigener Freigebigkeit der Schwester überlassen hatte. Daß die Münze – das Geschenk einer Patin – ein Wertgegenstand war, überlegte er nicht und ich noch weniger. Aber die Anna entdeckte den Verlust und erhob ein großes Geschrei. Sie erinnerte sich auch, den Kasten offen gelassen zu haben, während Werner im Zimmer war. Dieser wurde ins Verhör genommen, aber er leugnete hartnäckig. Nun fiel der Verdacht auf das Dienstmädchen, deren Habseligkeiten ohne Erfolg durchsucht wurden. Auch bei den Kindern der Hausgenossen wurde nachgeforscht, und Werner ließ das alles in unbegreiflicher Verstocktheit geschehen. Wenn er bekannt hätte, so wäre er gezwungen worden, mir die Münze wieder abzufordern, und dazu konnte sein Stolz sich nicht bequemen.

Nun geschah es eines Tages, als wir uns mit der Puppe unterhielten, daß die Anna unerwartet hereinkam. Sie hatte uns gesucht und, angelockt durch den Klang unserer Stimmen, unser Versteck ausfindig gemacht. Das blasse Mädchen warf einen langen Blick auf die Puppe, wurde noch blässer und ging schnell hinaus.

Gegen Abend rief man mich zu meiner Mutter. Ich fand dort die Rektorin, die verweinte Augen hatte. Meine Mutter sagte ganz ruhig:

Kind, du hast unter deinen Sachen ein Spielzeug, das nicht dein ist, und das du wieder hergeben mußt. Es ist die goldene Münze der Anna. Werner hat sie dir gegeben, aber er hatte kein Recht dazu, weil sie ihm nicht gehörte.

Mir wurde bänglich zumute, obgleich ich die Lage keineswegs übersah, und ich sagte weinerlich:

Ich habe keine Münze.

Freilich hast du sie, sagte meine Mutter bestimmter, die Anna hat sie am Hals deiner Puppe gesehen, und du wirst jetzt sogleich gehen und sie herbringen.

Da sie mir aber nicht ganz trauen mochte, fügte sie hinzu:

Nein, warte, wir gehen selber mit. Und ich mußte wohl oder übel die beiden Frauen in unsere geliebte Holzkammer führen, wo der aufgeputzte Fetisch thronte.

Die Rektorin bezeichnete alsbald die Münze als die vermißte. Ich aber stürzte mich darauf zu, drückte die Puppe und das Schmuckstück an meine Brust und beteuerte hartnäckig, es sei keine Münze, es sei der ›Vollmond‹.

Meine Mutter war wie immer die Güte und Ruhe selbst. Sie redete mir zu, den ›Vollmond‹ gutwillig herzugeben, ich solle dafür eine andere Goldmünze zur Entschädigung erhalten, und das Korpus delikti wanderte in die Tasche der Rektorin, während ich in großer Angst, an den Rock meiner Mutter geklammert, immer wiederholte: Es ist gewiß keine Münze, es ist der Vollmond.

Ich kann noch hören, wie die Rektorin sich von meiner Mutter verabschiedete: Ach, liebe Frau Justizrätin, Sie dürfen mir glauben, der Junge ist ein Nagel in meinen Sarg – und den gelassenen Ton, mit dem meine Mutter antwortete:

Nehmen Sie es doch nicht so schwer, Frau Rektorin, das sind ja nur Kindereien.

Ich schlief schon lange, allen Bekümmernissen enthoben, als sich im Nachbarhause etwas Entsetzliches ereignete.

Der Rektor war über Land gewesen und kam erst ganz spät nach Hause. Aber die Anna, die es nicht erwarten konnte, ihm das Vergehen ihres Bruders mitzuteilen, war aufgeblieben, und bevor er den Fuß über die Schwelle gesetzt hatte, war er von der Sache unterrichtet. Er hatte mit anderen Schulmeistern zusammengesessen und sich vermutlich in seinen pädagogischen Grundsätzen bestärkt, denn er holte augenblicklich seinen Stecken und ließ sich von der zitternden Anna in Werners Zimmer leuchten. Dieser war schon fest eingeschlafen, aber ohne Achtung vor der Heiligkeit des Schlafes riß eine rauhe Hand ihm die Decke weg, und mitten in seine Träume hinein fielen die brennenden Gertenhiebe des unsinnigen Vaters. Die Szene war so schaurig, daß selbst die rachsüchtige Anna vor Schrecken das Licht fallen ließ. Das Gebrüll des vor Überraschung, Schmerz und Schlaftrunkenheit ganz rasend gewordenen Knaben lockte die Vorübergehenden an das niedrige Fenster im Erdgeschoß. Wohlwollende Bürger riefen dem in sein Profoßenhandwerk verbissenen Rektor zu, doch sein eigen Fleisch und Blut zu schonen; aber dieser verbat sich jede Einmischung, indem er sagte, daß er selber wisse, was er zu tun habe, und daß er Gott für die Seelen seiner Kinder verantwortlich sei.

Werner sollte ein Sündenbekenntnis ablegen und die bestohlene Anna um Verzeihung bitten, aber man brachte nicht ein Wort aus ihm heraus. Als der Alte des Zuhauens müde war, riß man den unglücklichen Knaben aus dem Bett, steckte ihn in die Kleider und sperrte ihn für den Rest der Nacht im Keller ein. Dort schrie er aber so, daß der Nachtwächter – denn damals gab es noch das löbliche Amt der Nachtwächter – sich einmischte und den Eltern, wiewohl vergeblich, zusprach, den Knaben wieder herauszuholen. Werner brüllte immer weiter, nur um in der Finsternis und Einsamkeit seine eigene Stimme zu hören, bis er einschlief.

Am andern Morgen sprach man in der ganzen Straße von dem Vorfall. Man zeigte sich heimlich das Kellerloch, hinter dem das Kind die Nacht in Todesängsten verbracht hatte, aber niemand wagte den Eltern Vorstellungen zu machen, weil der Rektor eine angesehene Persönlichkeit war.

Für Werner war die Tortur noch nicht zu Ende. Abwechselnd begaben sich Vater und Mutter zu ihm in sein Verließ, um ihn bald gütlich, bald durch Zwang zu dem verlangten Schritte zu bringen, aber es war alles umsonst. Auch die Drohung, ihn noch einmal eine Nacht im Keller zu lassen – das schrecklichste, was es für seine aufgeregte Phantasie geben konnte – vermochte nichts über ihn. Man mußte ihn endlich aus dem Gefängnis entlassen, schon der Nachbarschaft halber, und sein Wille war Sieger geblieben, aber um welchen Preis! Jeder Nerv an ihm zuckte, als er mir die Geschichte seiner Marter erzählte.

Der Henker! Der Mörder! schrie er und ballte die Fäuste gegen das Fenster hinauf, hinter dem er seinen Vater wußte. Dann verlor er sich in Zukunftsgedanken. Jetzt wollte er nicht mehr fort aus dem Lande. Er wollte reich werden und ein großes Schloß bauen, gerade seinem väterlichen Hause gegenüber, daß die Seinigen ihm ins Fenster sähen, aber sie sollten seine Schwelle nie betreten dürfen. In einem vergoldeten Wagen wollte er fahren und ausspucken, wenn Eltern oder Schwester zu Fuß vorübergingen.

Meine Mutter kam zu uns in den Hof herunter und strich ihm liebevoll über das Haar. Sie redete ihm zu, sich dem Willen seines Vaters zu unterwerfen und die

Anna um Verzeihung zu bitten, damit wieder alles ins Geleise komme; aber bei Werner war nichts mehr auszurichten, sobald er einmal Gewalt gespürt hatte. Seine Familie ließ ihn jetzt einfach laufen. Der Vater sprach kein Wort mehr mit ihm, und nur gelegentlich, wenn er ihn ansah, murmelte er: Halunke! Verlorener Mensch! und dergleichen. Die Anna drückte sich scheu an ihm vorüber, und seine Mutter wußte aus Furcht vor dem Alten nicht, wie sie sich zu dem Sohne stellen sollte.

An jenem häßlichen Tag war unser Paradies in Stücke gegangen. Werner war auf einmal ein anderer. Auch sein Gesicht hatte sich verändert, es schien länger und hagerer, die Mundwinkel waren vom furchtbaren Weinen nach unten gezogen, und das blaue Äderchen auf der Stirn trat stärker hervor. Zwar kamen wieder Stunden, wo wir spielten und lachten, aber sein Blick behielt etwas Starres und Trauriges.

Ich weiß nicht, wie lange Zeit nach jenem Vorfall verflossen war, als Werner von unseren Spielstunden wegblieb. Es fiel mir am ersten Tag nicht auf und auch am zweiten kaum, denn wir hatten einen Kinderbesuch im Hause, durch den ich vollauf beschäftigt war. Dann erzählte mein Bruder, Werner sei schon seit zwei Tagen nicht in die Schule gekommen, weil er krank sei, und es fehlten noch mehrere seiner Kameraden aus demselben Grunde. Am nächsten Tage blieb auch er von der Schule weg, aber ohne krank zu sein; es herrschte ein schweres Scharlachfieber in der Stadt, und die Schule war wegen der Ansteckungsgefahr geschlossen.

Unser Besuch war wieder gegangen, und die Tage wurden mir sehr lang ohne meinen Freund. Ich hatte mit angehört, wie meine Mutter Christinen einschärfte, jeden Morgen hinüberzugehen und zu sagen:

Einen Gruß von der Frau Justizrätin, und die Frau Justizrätin läßt fragen, wie es Werner geht.

Ich lief ihr jedesmal entgegen, um die Nachricht zuerst zu empfangen, daß es dem Werner besser gehe, aber es drückte mich, ihn selbst nicht sehen zu dürfen. Als ein Tag um den andern hinging, ohne daß der Werner aufstand und zum Spielen kam, ließ es mir keine Ruhe mehr. Ich war ein schüchternes Kind, und gewöhnlich hatten die Eltern Mühe, mich zu überreden, wenn ich in ein fremdes Haus gehen sollte. Gar bei Rektors hatte ich seit jenem Vorfall mit der Münze die Schwelle nicht mehr betreten. Aber die Sehnsucht nach meinem Spielkameraden wurde zu heftig. Ich pflückte eine Handvoll Astern in unserem Garten, nahm den Strauß und mein Herz in beide Hände und lief, als ich mich einen Augenblick unbewacht sah, ohne mir zum Zögern Zeit zu gönnen, in das Nachbarhaus.

Die Haustür war offen, ich strich durch ein paar leere Zimmer und stieß endlich auf die Rektorin, die mich verwundert ansah und schnell auf den Gang hinausführte.

Ich übergab ihr die Blumen und brachte atemlos das Sprüchlein vor, das ich mir gemerkt hatte:

Einen Gruß von der Frau Justizrätin, und die Frau Justizrätin läßt fragen, wie es Werner geht.

Die Frau war so bekümmert, daß ihr nichts dabei auffiel.

Ach Gott, sagte sie, dem Werner geht es heute gar nicht gut. Der Doktor ist schon zweimal dagewesen und will in einer Stunde wieder kommen. – Dann fügte sie hinzu, die Blumen würden dem Kranken gewiß Freude machen, aber ich sollte lieber nicht ins Haus kommen, denn die Krankheit sei ansteckend.

Ganz nachdenklich wollte ich mich davonschleichen, da rief sie mich noch einmal zurück.

Bist du denn das Prinzeßchen, von dem er immer spricht?

Nein, ich bin es nicht, antwortete ich.

Ja, weißt du etwas davon? Wer ist sie denn?

Das Prinzeßchen ist eben das Prinzeßchen, erwiderte ich mit den Worten, die Werner so oft mir gegenüber gebraucht hatte.

Ach, geh, ihr seid wunderliche Kinder, sagte die Frau und ging wieder zu ihrem Kranken.

Am Abend stellte mir die Mutter die gleiche Frage. Man wußte durch Erich, dem es ein Kamerad erzählt hatte, daß Werner in seinen Phantasien immer zu einem Prinzeßchen zu reden glaubte, und daß er sich dann mit veränderter Stimme selber die Antwort gab.

Wer ist denn dieses Prinzeßchen? fragte mich die Mutter, worauf Erich altklug einwarf:

Das Prinzeßchen, das ist eben das Fieber.

Ich wußte weiter nichts, als daß das Prinzeßchen ganz allein in einem Rosengarten wohnte, daß es ein Krönlein auf dem Kopfe trug und daß es von sich selber sagte, es sei das Prinzeßchen vom Kinderland.

Das Tödchen, schrie unsere Christine entsetzt. – Gott steh uns bei! Es geht wieder um, es sucht sich Spielkameraden.

Unsinn! sagte meine Mutter entrüstet und hieß sie schweigen.

Aber Christine ließ sich nicht ›das Maul verbieten‹,

wie sie es nannte; sie war einheimisch in der Gegend und kannte sich aus. Es war ›das Tödchen‹, dabei blieb sie. Es hatte sich auch gezeigt damals vor zwölf Jahren, bevor die Masern ausbrachen, wie die Rike bei Rektors drüben sich noch wohl erinnern mußte. Damals hatten viele Kinder es gesehen, wie es am Ilgenbrunnen Wasser trank, und alle, die es gesehen hatten, mußten sterben. Denn jedesmal, wenn ›das Tödchen‹ kam, suchte es sich die schönsten Kinder aus und nahm sie mit sich fort als seine Spielkameraden.

Mein Gang war unentdeckt geblieben, und ich fand sogar den Mut, ihn zu wiederholen, aber meinen Freund bekam ich nicht zu Gesicht. Diesmal fand ich die Anna, die in einem Winkel kauerte und mich mit ganz irren Augen ansah. Ich war überrascht, daß sie den Kopf an die Wand stieß und auf den Knien rutschte und ächzte und schrie:

O Gott, nimm mich zu dir und laß den Werner am Leben! O Gott! O Gott!

Und so immerfort, trotz meiner Gegenwart.

Schrei doch nicht so, er kann dich ja hören, sagte ich entrüstet über dieses Gebaren.

Oh, wenn du wüßtest! sagte sie und konnte vor Angst die Worte fast nicht herausbringen. Ich bin ja schuld – ich hab' so oft den lieben Gott gebeten, daß er den Werner sterben lassen soll, damit die Eltern wieder mich allein liebhaben wie früher, ehe er auf der Welt war. – Und verklagt hab' ich ihn beim Vater – ach, und jetzt macht der liebe Gott es wahr –

Und dazwischendurch vernahm man aus dem Nebenzimmer die Stimme des Kranken, der in lauten, ganz fremdartig klingenden Tönen mit sich selber sprach. Dort wäre ich so gerne hineingegangen, aber ich fürchtete mich.

Da ging plötzlich die Tür auf, und heraus kam die Rektorin mit ungekämmtem Haar und begann gleich gegen eine Bekannte, die von der anderen Seite eingetreten war, zu jammern:

Ach, mein Werner stirbt. Mein Werner stirbt. – Ach, und ich hab' ja keinen Platz bei der engen Wohnung, ich weiß ja nicht einmal, wo ich ihn hinlegen soll, wenn er tot ist.

Dabei hatte sie mechanisch einen Wischlumpen erfaßt, mit dem sie in den Ecken herumfuhr.

Und dennoch liebte sie ihren Sohn, davon konnte ich mich später überzeugen; aber so waren damals die Hausfrauen in unserem Lande – und sind es vielleicht zum Teil noch heut.

Der starke, junge Körper wehrte sich noch mehrere Tage. Sein Vater suchte sich mit ihm zu versöhnen und trat, so oft er nach Hause kehrte, gramgebeugt an sein Bett. Aber Werner sah ihn gar nicht, er war immer in seinem Zwiegespräch. Nur kurz vor seinem Ende erkannte er ihn. Da schoß ein Blitz des Hasses aus seinen Augen. – O du – du, lallte der Knabe und erhob noch eine Faust gegen seinen Peiniger. Dann wurden seine Augen wieder starr, und er redete mit zwei verschiedenen Stimmen weiter bis zuletzt. Nach einer Stunde verschied er. – Es war gerade der Vorabend seines zehnten Geburtstages.

Die Rike war es, die uns sein Ende oftmals und ausführlich erzählte. Sie behauptete auch, er habe wiederholt in seinen Delirien den Tag und die Stunde seines

Todes vorausgenannt, aber das lasse ich dahingestellt.

Wie genau erinnere ich mich noch an alles, was mit Werners Sterben zusammenhing. Man wollte mir zuerst seinen Tod verheimlichen, aber ich wußte augenblicklich alles.

Schmerz empfand ich keinen, ich sah sogar mit Neugier zu, wie man den schwarzen Sarg heruntertrug, und wie immer mehr Kränze darauf gelegt wurden, bis das Tuch mit dem weißen Kreuze völlig verschwunden war. Ich sah auch die Schuljungen vorüberziehen, die am Grabe singen sollten, eine endlose Reihe, und darunter meinen Bruder, den ich in seinem schwarzen Anzug fast nicht erkannte. Unter der Haustür stand die Rike in schwarzer Schürze mit unserer Christine zusammen, und beide tauschten bedeutungsvolle Reden und Winke.

Es ist wieder dagewesen, sagten sie, auch drüben bei Amtsrichters liegt eine Leiche.

Soweit war alles noch ganz neu und anziehend. Aber der Rest des Tages wurde mir entsetzlich lang. Man konnte nicht einmal mehr hinüberhuschen und fragen, wie es Werner gehe. Das Begräbnis hatte in den Morgenstunden stattgefunden. Am Nachmittag hielt ich es nicht mehr aus und lief ganz allein auf den Friedhof. Dort, wußte ich, hatten sie ihn hingetragen.

Das war eine Unternehmung und ohne die Hilfe meines Freundes! Ich stolperte zwischen Gräbern herum und suchte das seinige. Ich weiß nicht, wie es zuging, daß ich die Stelle dennoch fand, denn ich wagte nicht, zum Totengräber zu gehen und zu fragen. Es war ein frischer, mit Blumen zugeschütteter Erdhügel, ganz nahe der Mauer. Ich sah ihn lange an und – dachte gar nichts.

Endlich fiel mir ein, daß ich ihm doch auch etwas geben müsse. Ich zog den letzten unserer ›Schlafäpfel‹ aus der Tasche und steckte ihn am Kopfende in die Erde. Denn ich hatte vom ›süßen Schlummer in Grabesschoße‹ reden gehört, und so, dachte ich, werde der Werner wenigstens schöne Träume haben.

Aber dann die Entbehrung, ihm das alles nicht erzählen zu können! Noch viele, viele Abende stieg ich in unseren Garten hinunter und wartete an der Mauer, ob er nicht wiederkomme.

Unsinn, er ist ja tot, sagte ich zu mir selber, er kann ja nicht wiederkommen – aber ich konnte die Worte nur denken, einen Sinn hatten sie nicht für mich. Ich konnte mir niemals vorstellen, daß er für immer gestorben sei. Nur mitunter wurde ich ungeduldig und rief das ›Tödchen‹, daß es mich gleichfalls holen solle, denn ich war eifersüchtig, wenn ich es immer allein mit Werner denken mußte.

... Es ist jetzt ein Menschenalter her, aber ich kann sagen, daß ich diese Liebe nie vergessen habe, obgleich ich nach Kinderart leicht genug über den Verlust hinwegkam. Ja, und obwohl ich später noch viele Freundschaften und zuletzt sogar eine glückliche Ehe geschlossen habe, ist es mir doch, wenn ich an jene goldenen Tage zurückdenke, als ob mir nie wieder ein Mensch so viel gewesen sei. Und manchmal muß ich denken, daß, wenn Werner Horst zum Mann erwachsen wäre, mein Leben und das Leben vieler sich reicher entfaltet hätte. Ob glücklicher, wer weiß es?

Der alte Rektor folgte seinem Sohne nach wenig Jahren ins Grab. Die Anna dagegen blühte auf und wurde ein schönes Mädchen. Meine Mutter sagte oft, es sei, als ob sie jetzt erst Licht und Luft zum Gedeihen hätte. Sie hat sich auch später sehr gut verheiratet und ist jetzt eine der angesehensten Frauen der Stadt, berühmt durch ihre Wirtschaftlichkeit und andere häusliche Tugenden.

Vor einigen Wochen hielt ich mich – zum erstenmal seit zwanzig Jahren – wieder ein paar Tage in dem Städtchen auf, das meine Kinderspiele gesehen hatte. Von den beiden Nachbarhäusern steht kein Stein mehr, denn die ganze Straße ist umgebaut. Dagegen besuchte ich die Festwiese, den Schloßgraben, die »lange Steige« und den Wald, der größtenteils ausgerodet ist. Das Rosengärtchen ist natürlich verschwunden; an der Stelle, wo es gelegen haben muß, erhebt sich jetzt eine Spinnerei, die mit dem Dampf ihrer Schlöte weithin die Luft verdickt. Die zauberische Stille, die sonst über der ganzen Stadt lagerte, habe ich nur auf dem sogenannten Alten Friedhof wiedergefunden. Er heißt jetzt der alte, weil er längst außer Gebrauch gesetzt ist, und darum sind auch die Gräber aus jener Zeit noch alle erhalten. Mit seinem üppigen Baumwuchs und seinen Grabsteinen dient er jetzt nur noch zum Spaziergang für beschauliche Seelen und als Lustort für unzählige Amseln. Nie habe ich wieder so viele Amseln beisammen gesehen. Sie pfiffen von den Bäumen und kamen mit ungeschickten Sprüngen bis dicht vor meine Füße gehüpft.

Ich suchte lange, bis ich an der Mauer die kleine Trauerweide erkannte, die jetzt ein mächtiger Baum geworden ist, und darunter ein kleines, eingesunkenes, von rostigem Eisengitter eingefaßtes Kindergrab. Auf dem flachen, verwaschenen Steine war noch mit Mühe der

Name Werner Horst zu entziffern. Und ich staunte, wissen Sie worüber? – Daß das Grab so klein war. In meiner Vorstellung war Werner Horst ein Mann gewesen.

Allmählich, als ich in Erinnerung versank, schwanden mir die Größenverhältnisse, ich wurde selber wieder klein und sah das Grab, wie es meinen siebenjährigen Augen erschienen war. Und nie habe ich zuvor so deutlich gefühlt, daß das Alter eigentlich gar keinen Unterschied macht. Ob wir sieben oder siebzehn oder gar siebenunddreißig sind, wir bleiben immer dieselben Menschen, mit denselben Wünschen, Anlagen und Bedürfnissen.

Die Sonne schien so freundlich im Untergehen und warf ihr Goldlicht auf die eingesunkenen Gräber; die vergessenen Blumen dufteten, und plötzlich bewegten sich meine Lippen und sagten, ohne daß ich es wußte und wollte:

Hier liegt ein Dichter.

Ich erschrak über meine eigene Stimme und sah mich um, ob niemand zugehört habe. Der Friedhof lag völlig einsam, nur die Amseln sangen und hackten mit ihren gelben Schnäbeln im Gras.

Und ich sagte mir, daß ich vielleicht unbewußt die Wahrheit ausgesprochen hatte.

*

Meine Freundin schwieg eine lange Weile. Dann sprach sie mit einem ganz eigenen Ausdruck wehmütig-heiterer Grazie die wundersamen Verse von Mörike vor sich hin:

Ihr kommet, Winde, fern herüber,
Ach, von des Knaben,
Der mir so lieb war,
Frischgrünendem Hügel.

Und hier – die volle Rose streut geschüttelt
All ihre Blätter vor meine Füße.

WERTHERS GRAB

Mitten in dem anmutigen Lindachtal, am linken Ufer der Lindach, liegt das freundliche Pfarrdorf Ilgenau mit seinem kleinen, weißgestrichenen Kirchlein und der uralten Linde daneben.

Die Eisenbahn durchschneidet das Dorf am oberen Ende, wo sich die große Klarysche Ziegelfabrik mit ihren ausgedehnten Schuppen und dem rauchenden Ringofen befindet. Doch der Schnellzug kümmert sich nicht um die mit Backsteinen hochaufgetürmten Loren, die auf dem Seitengeleise angeschoben sind, und läßt mir kaum die Zeit, einen Blick auf das nüchterne Bahnhofsgebäude mit seinen Signalvorrichtungen zu werfen. Dann lehne ich mich zurück, und im Weiterfahren erscheint vor meinen inneren Augen ein völlig anderes Bild. – Wo der Bahnhof steht, da sehe ich im Geist eine langgestreckte Parkmauer mit hochwipfligen Baumreihen, zwischen denen tief unten in der Nähe des Flusses die Rückseite eines großen Wohnhauses mit hohen Schornsteinen und steinerner Terrasse eben noch zu erkennen ist. Weiterhin tauchen hinter der Mauer grüne Lauben, weiße Götterfiguren und lange Taxusgänge auf, die nach einem kleinen, von Maulbeerbäumen beschatteten Häuschen im Schweizerstil mit grünen Läden, hölzernen Altanen und ebensolcher Außentreppe führen. Ringsum ist alles grün; an Stelle der rauchenden Schlöte, der Ziegelschuppen und der nassen Lehmgruben sehe ich nur Obstgärten und Felder mit wehenden Halmen bis hinauf zu den waldgekrönten Höhen des Lerchenbergs und abwärts bis zur Lindach, in deren kristallklarem Wasser sich die Erlen und Weiden des Ufers spiegeln.

Es ist das Ilgenau, das noch keine Eisenbahn hatte, das Ilgenau meiner Kindheit.

In jener schönen Zeit, wo es noch gar keine Zeit gab und wo man folglich mit den Tagen anfangen konnte was man wollte, war ich häufig zu Besuch in Ilgenau. Meine frühesten und schönsten Erinnerungen knüpfen sich an diesen Namen. War's Zufall oder täuscht mich die Erinnerung? – Ich meine dort nie ein schlechtes Wetter erlebt zu haben, wie es mir auch vorkommt, als hätten die Kirschen dort zeitiger geblüht und süßer geschmeckt als jemals wieder anderwärts.

Ein Freund der Eltern, den wir Kinder ›Onkel‹ nannten, hatte damals das Haus mit den hohen Schornsteinen inne, und er kam oft in seinem zweispännigen Jagdwägelchen nach der Stadt gefahren, um sich eins oder das andere von uns als Gast nach Ilgenau zu holen.

Er war ein gewaltiger Nimrod, der Onkel Entreß, und zeigte sich in der Öffentlichkeit nie anders als von Hunden umbellt, meist zu Pferd oder zu Wagen, seltener zu Fuß, und dann fast immer in Jägertracht. Pferde, Hunde und Kinder liebte er mit Leidenschaft, wie überhaupt alles, was Lärm ins Haus brachte. Nachdem er kurze Zeit beim Militär gewesen, wo er sich mit seinen Vorgesetzten nicht vertragen konnte, hatte er sich auf den väterlichen

Besitz in Ilgenau zurückgezogen, den er mit mäßigem Erfolg selber bewirtschaftete. Er war Adliger, aber freisinnig, und um seinen Freisinn zu betätigen, sowie auch seinen aristokratischen Verwandten zum Tort, hatte er ein bürgerliches Fräulein – noch dazu mit kleiner Mitgift – heimgeführt. Doch er, der sonst gegen groß und klein voll Freundlichkeit war, behandelte die anmutige, hingebende Frau unwirsch und ungerecht. Ohne allen Anlaß gab er ihr barsche Worte und konnte sich sogar so weit vergessen, daß er sie vor Gästen und Dienstboten herabsetzte.

Tante Thekla hatte ein sanftes Gesicht mit blauen Augen und schwarzen, gescheitelten Haaren, und ihr stilles, überaus liebreiches Wesen hat sich mir unauslöschlich eingeprägt. Sie wußte, daß ihr Gatte eine andere geliebt hatte, eine stolze Amazone, die zwei Sommer lang in den Wäldern von Ilgenau mit ihm geritten und gejagt hatte, und die er nie vergessen konnte, obgleich er von ihr verschmäht worden war. Thekla sprach von dieser anderen, die sie nur vom Hörensagen kannte, in den Ausdrücken der höchsten Verehrung, und gern hätte sie sich ganz nach ihr gemodelt, um ihrem gestrengen Eheherrn zu gefallen; aber wie sie sich auch anstellte, sie machte es ihm niemals recht, denn sie war zu weich geartet für den heftigen Mann.

So konnte er ihr zum Beispiel nie verzeihen, daß es ihm in den Flitterwochen nicht gelungen war, sie reiten zu lehren. Sie hatte sich zwar gehorsam von ihm in den Sattel heben lassen, hatte auch bebend die Zügel in die Hand genommen, aber sobald das Pferd sich nur ein wenig in Trab setzte, war sie aus lauter Angst regelmäßig wieder heruntergeglitten, was den Onkel Entreß aufs tiefste verdroß. Auch zitterte sie immer am ganzen Körper, wenn er einen seiner großen Hunde züchtigte; denn es war einmal vorgekommen, daß der furchtbare Harraß, der Schrecken des ganzen Dorfes, sich bei einer solchen Gelegenheit auf den eigenen Herrn gestürzt und ihm eine tief Bißwunde beigebracht hatte. Seither wurde sie jedesmal bleich, wenn das Tier nicht auf der Stelle gehorchte, und Onkel Entreß griff nun aus Ärger in ihrer Gegenwart doppelt gern zur Peitsche, so daß das arme Frauchen aus den Ängsten gar nicht herauskam.

Onkel Entreß hauste mit seinen Hunden und Flinten im Erdgeschoß, wo alles wild durcheinander lag. Thekla dagegen besaß eine ganze Reihe eigener, schön eingerichteter Zimmer im oberen Stock, die aber alle zu trauern schienen wie die Seele ihrer Bewohnerin. Darunter war eines, das ganz voll stand von Kästen und Schränken, und alle diese Kästen und Schränke waren mit Kleidern angefüllt, deren sie unzählige besaß.

Einmal, als sie mir ein besonderes Vergnügen machen wollte, führte sie mich in dieses Zimmer und zeigte mir sämtliche dort aufgespeicherten Kleider. Sie waren sehr prächtig – oder schienen mir wenigstens so – mit vielen Bandschleifen und blitzenden Knöpfen verziert, und ein jedes hatte seine eigene Geschichte. Das hellblaue mit den schwarzen Samtbändern hatte die Blicke ihres Mannes angezogen, als er sie zum erstenmal sah; das leichte aus rosa Seidenstoff erinnerte sie an jenen Ballabend, wo sie sich kennenlernten; das weiße hatte sie zur Trauung getragen, das graue auf der Hochzeitsreise und so weiter. – Die Kleider waren für sie lebende Wesen, ihre Vertrauten. Sie saß oft vor dem offenen Schrank und führte stumme Gespräche mit ihnen. Auch gab sie keines jemals her, so gern sie sonst schenkte, und ihr Mann verschrie sie deshalb als einen Geizdrachen, was ihr, obgleich sie dazu lächelte, heimlich sehr wehe tat, denn er verkannte damit ihr innerstes, ganz auf Liebe zu ihm gestelltes Wesen. Wer sie um ein altes Kleid anging, dem schenkte sie das Zeug zu einem neuen, und die abgetragenen hängte sie in einen besonderen Schrank, wo sie das Asylrecht auf ihre alten Tage genossen. Die geflammte Busenschleife, die sie von einem dieser Kleider mit schwerem Herzen absteckte, um sie mir zu schenken – dieselbe war, beiläufig gesagt, so groß, daß sie meine halbe damalige Person bedeckt hätte –, mußte ich ihr am anderen Morgen zurückgeben, versteht sich, gegen angemessene Entschädigung: es scheint, daß diese Schleife etwas wußte, das all den anderen Kleidungsstücken entfallen war.

Nachdem sie jenes Tags den Inhalt sämtlicher Schränke vor mir ausgebreitet hatte, zog sie mich zu sich heran, legte beide Arme um meinen Hals und weinte. Und ich verstand gefühlsmäßig, daß sie weinte, weil sie nicht geliebt und einsam war, und weil sie an leeren Hüllen und an den Kindern fremder Leute ihr hungerndes Herz sättigen mußte.

Während sie noch weinte, kam sporenklirrend der Onkel herein. Sie erschrak und trocknete rasch die Tränen. Aber die Schränke zu schließen, war es zu spät.

Immer Fetzen und Fahnen! sagte der ungeduldige Mann stampfend und ging schnell wieder hinaus.

So war das Entreßsche Ehepaar, bei dem alle Kinder aus befreundeten Häusern ihre zweite Heimat hatten.

Wir konnten dort tun und treiben, was wir wollten, und hatten das Recht, in Haus und Hof das unterste zu oberst zu kehren. Tante Thekla war nicht älter als unsereins: sie kroch mit uns unter die Tische und versteckte sich, wenn es sein mußte, im Hühnerstall. Der Onkel dagegen, der ihr den Vorrang in unserer Liebe nicht lassen wollte, gab uns Anleitung in der Landwirtschaft, das heißt, er ließ uns auf dem hochbeladenen Heuwagen fahren, setzte uns auf die pflügenden Ochsen oder ließ uns durch die Garbenluke wohl zwanzig Schuh tief in die mit Heu und Korn gefüllte Scheune hinabspringen, wo man in den Garben versank und sich unter Jubel und Gelächter, die Haare und Kleider voll Heu, wieder herauswand.

Nebenan in dem Schweizerhäuschen wohnten die drei alten Fräulein von Plessen, nach denen das Haus seiner Kleinheit halber im Scherz die Plessenburg genannt wurde. Zu meiner Zeit waren es nur noch zwei; die dritte, Franziska, lebte in der Erinnerung der anderen noch mit als die ›Schwester Franz‹, und ich hörte sie so oft nennen, daß ich mir einbilden könnte, sie auch gekannt zu haben, wenn die Jahreszahlen dem nicht widersprächen.

Fräulein Luise von Plessen, die älteste von den dreien, war Theklas nächste Freundin, eine damals schon hochbetagte Dame, deren Geburt noch ins achtzehnte Jahrhundert fiel. Sie ging immer weiß gekleidet, in einem weiten, verzierten Oberkleid, das sich vorn über einem reich mit Falbeln besetzten Unterkleid öffnete; auf dem Kopfe trug sie einen großen Florentiner Strohhut mit weißem Band und schwarzseidene, netzgestrickte Halbhandschuhe an den schöngepflegten Händen. Obgleich das Alter der Schäferspiele weit hinter ihr lag, war sie doch mit ihrem Schäferhut nicht lächerlich: eine sanfte Würde, eine Jugend der Seele stimmte zu diesem Anzug. Ihre Haare waren noch völlig schwarz, und sie hatte weder Runzeln noch Furchen, nur daß die Haut ein wenig lose geworden war, aber ihre zarte Färbung war ihr geblieben, wie ein welkes Rosenblatt noch immer ein Rosenblatt ist.

In der ganzen Gegend nannte man sie nur Das Fräulein. Sie war der gute Geist von Ilgenau, denn sie strickte und nähte für die Armen, schickte den Kranken Wein, schlichtete Familienzwistigkeiten und dokterte auch ein wenig bei den Bauersfrauen. Aber wer ihrer bedurfte, der mußte zu ihr kommen, denn sie verließ die Plessenburg nie. Diese Gewohnheit wurde mit der Zeit so mächtig, daß es Gewalt gebraucht haben würde, um die alte Dame nur bis ans andere Ende der Dorfstraße zu bringen.

Ihr Geburtstag war immer ein Fest für den ganzen Ort. Die Schulmädchen sangen vor ihrer Tür und überreichten Sträuße, die ansässigen besseren Familien machten Glückwunschbesuche, alte Freunde aus der Stadt fanden sich ein, und gelegentlich hielt auch ein Hofwagen aus der Residenz vor dem Garten, deren rotberockte Lakaien das Entzücken der Dorfjugend waren.

Das Fräulein war nämlich in jüngeren Jahren Vorleserin und Vertraute der Königinmutter gewesen und unterhielt noch lange Zeit Beziehungen zum Hofe. Sie war viel mit ihrer Gebieterin gereist, liebte wie diese die Kunst und Poesie und sprach geläufig fremde Sprachen. Von ihr hatte sie die unerschütterliche lächelnde Hoheit, die ihr das Ansehen gab, als ob sie selbst dem Lande einen König geschenkt hätte.

Bemerkenswerter für uns Kinder war übrigens ihre Schwester Sophie, eine Idiotin, die den ganzen Tag in der Bettjacke schimpfend am Fenster oder am Zaun ihres Vorgärtchens lag, um die Schwelle des Entreßschen Hauses zu bewachen. Sie hatte gar keinen Hinterkopf, sondern nur ein Gesicht, das deshalb wie eine Maske aussah; um den Mangel zu verdecken, trug sie meist eine weiße kattunene Schlafhaube. Sprechen konnte sie nicht, sie lallte bloß, verfügte aber gleichwohl über eine große Auswahl der allergemeinsten Schimpfworte, von denen man nicht begriff, wo sie sie bei ihrer Abgeschlossenheit aufgelesen haben konnte. Onkel Entreß pflegte deshalb zu sagen, daß die Kenntnis der Schimpfwörter dem menschlichen Gehirne eingeboren sei.

Sie war sehr verliebter und eifersüchtiger Natur und übte im Orte eine Art Sittenpolizei aus; denn wenn ein Mädchen sich etwas hatte zuschulden kommen lassen, so war sie unter den ersten, die davon wußten. Der Kläffer Piccolo durfte nur den Kopf nach des Onkels schöner Diana drehen, so warf sie mit Steinen nach ihm, und sie trug immer einen Stecken mit sich, um den Haushahn aus dem Bereich seiner Hennen fernzuhalten. Ging aber gar ein Liebespärchen an ihrem Zaun vorüber, so rief sie ihnen greuliche Schimpfworte nach, die zum Glück von den Betroffenen ihrer lallenden Sprache wegen meist nicht verstanden wurden. Wenn sie es zu arg trieb, so rief man den Onkel Entreß, der der Gegenstand ihrer Verehrung war, damit er sie beruhige. Sobald dieser an den Zaun trat und sagte: Guten Tag, Fräulein Sophie, wie geht es Ihnen? gab sie sich zufrieden und ging für den Rest des Tages mit strahlendem Gesicht umher, indem sie immer von Zeit zu Zeit zu sich selber sagte: Guten Abend, Fräulein Sophie, wie geht es Ihnen?

An die Schwester Franz, die lange in Italien gelebt hatte, erinnerten auf der Plessenburg noch ein herrlicher Kupferstich, eine Raffaelsche Madonna darstellend, sowie ein Bildnis Dantes. Es hieß von ihr, sie sei eine überzeugte Spiritistin und Tischrückerin gewesen und habe mit den Jahren auch die viel begabtere und gebildetere Luise in ihren Bannkreis gezogen.

Tante Thekla konnte uns keine höhere Ehre erweisen, als indem sie uns auf die Plessenburg mitnahm, und es lag in der Luft, daß man sich dort äußerst gesetzt und bescheiden betrug. Das hoheitsvolle Wesen des alten Fräuleins machte mir einen so tiefen Eindruck, daß ich in ihrer Nähe kaum zu atmen wagte. Auch die Großen schienen zu ihr emporzublicken, denn sie galt allgemein für eine Dame von ganz außergewöhnlicher Bildung, und der mystische Anflug erhöhte nur die Anziehung, die von ihrer Person ausging. Sie sprach gern allein mit sich selber, und wenn sie im Garten wandelte, lag immer ein abwesendes Lächeln auf ihren Lippen. Auch sah man sie nicht selten stillstehen und den Kopf wenden, als ob sie die Antwort einer unsichtbar gegenwärtigen Person vernehme. Man wußte, daß sie griechische Philosophen las, von denen sie seltsame Glaubenssätze sich zu eigen gemacht haben sollte. So hieß es, daß sie im Windhauch die Geister der Abgeschiedenen erkenne und in den Sonnenstäubchen die Seelen der Ungeborenen, die das All füllen. Dieser Phantasien gedachte man im Freundeskreis mit einem leisen, ehrerbietigen Kopfschütteln, denn das Fräulein machte keine Proselyten und äußerte sich auch gegen ihre Vertrautesten nur selten und andeutungsweise über ihren Verkehr mit der anderen Welt. Für die kindliche Neugier hatte das alles einen großen Reiz, und eine Zeitlang war es unsere Lieblingsunterhaltung, uns heimlich an das verdunkelte Fenster zu stellen, um in einem Sonnenstrahl, der durch den Spalt des Außenladens hereinfiel, das künftige Geschlecht sich tummeln zu sehen.

Das Entreßsche Gut und die Plessenburg nebst den umgebenden Gärten hatten ursprünglich einen zusammenhängenden Besitz, das Erbgut derer von Plessen, gebildet, das mit seinem prachtvollen, im Geschmack des achtzehnten Jahrhunderts angelegten Park das Wunder der Gegend gewesen war. In dem großen Haus mit der steinernen Terrasse und den hohen Schlöten waren sämtliche drei Fräulein von Plessen geboren. Sie verkauften es zusamt dem größten Teil der Anlage an den Vater des Herrn von Entreß, um die Schulden eines leichtsinnigen Bruders zu decken, der später nach Amerika ging und dort verscholl. Nur einen schmalen, aber langen Parkstreifen mit dem sogenannten Sommerhäuschen hatten sie für sich behalten und das Häuschen für ihre bescheidenen Bedürfnisse zum Wohnen umgebaut. Von der Zusammengehörigkeit der beiden Häuser blieb immer etwas erhalten, indem die Scheidemauer nur sehr niedrig gezogen wurde und ein festes geistiges Band die Besitzer verknüpfte. Luise von Plessen und die alte Frau von Entreß, die gleichfalls eine hochgebildete Dame gewesen sein muß, hielten eng zusammen und lebten in einer gemeinsamen idealen Welt. Der alte Entreß dagegen war ein praktischer Landwirt, und unter seinen Händen verlor das Gut allmählich ganz den ursprünglichen Charakter.

An Stelle der Laubgänge und herrlichen Blumenbeete traten lange Reihen von Birnen- und Pflaumenbäumen, die künstlichen Ruinen verschwanden, der durch unterirdische Röhren gespeiste Weiher wurde zur Viehtränke hergerichtet, und in unseren Tagen waren auch die Borkenhütte und der chinesische Tempel, die die allgemeine Umwälzung noch eine Zeitlang überdauert hatten, nur noch in der Erinnerung vorhanden.

Drüben auf der Plessenschen Seite aber, durch die Grenzmauer und eine daranschließende Hecke den Blikken entzogen, lebte und webte noch die alte Zeit. Sie war auf den engsten Raum zusammengedrängt, aber sie war noch lebendig und wirksam. Ein zauberhafter Friede lag über diesen duftenden Blumenbeeten, diesen altmodischen Taxuswänden, diesen efeuumsponnenen Mauernischen, in deren einer noch eine gipsene Ceres ohne Arme thronte. Selbst die Blumen rochen nach Vergangenheit, nicht nach einer toten, welken Vergangenheit, sondern nach einer von der Erinnerung verklärten, die schöner ist als die Gegenwart. Für uns Kinder hatte diese fremde Welt eine übermächtige Anziehung; wir stiegen oft auf die niedrige Grenzmauer, um hinüberzublicken, und wir meinten, auch der Sonnenschein, der drüben auf den Beeten spielte, das Summen der Mücken und das Schwärmen der Bienen gehörten einem anderen Jahrhundert an.

Deutlich erinnere ich mich noch an ein glänzendgrünes, sonnbeschienenes Rasenrund mit einer großen Vase in der Mitte. Von dort führten Taxusalleen sternförmig nach allen vier Seiten des Gartens; länglichrunde, von niedrigem Buchs umsäumte Blumenbeete lagen dazwischen. Bei diesen sah man häufig das Fräulein selbst mit

Gießkanne und Gartenschere hantieren, wobei sie starke lederne Handschuhe trug, um die zarte Weiße ihrer Hände zu schonen. Durch den Mittelgang gelangte man an das obere Ende der Parkmauer, wo unbeschnittene Rosen- und Weißdornhecken ein fast undurchdringliches Dickicht bildeten. In der Ecke stand eine herrliche Gruppe von Trauerweiden, und unter den Weiden barg sich das Geheimnis der Plessenburg.

Das Geheimnis der Plessenburg aber war nichts anderes als ein Grab.

Ich hatte es niemals mit Augen gesehen, aber ich wußte, daß es da war.

Ein Grab! Das bloße Wort regte meine tiefste Neugier auf. Darin lag ein Ding, das einst ein Mensch gewesen, und von dem jetzt nichts mehr übrig war als die Erinnerung. Ein Mensch, der umherging und aß und trank und sprach und lachte wie wir. Wie er ausgesehen haben mochte, dieser Mensch, der da drüben an der Parkmauer schlief und über dessen Haupt die Bienen summten? Ich mußte immer an seine Nähe denken, und das Grab war vor allem Ursache, daß ich so gern auf das Mäuerchen stieg.

Gräber, das wußte ich, befanden sich sonst nur auf Kirchhöfen, und ich suchte vergebens zu erraten, auf welche Weise ein Grab in dieses stille Lustgärtchen kam. Gelegentlich hatte ich auch sagen hören, es sei ›Werthers Grab‹, aber dadurch war ich um nichts klüger geworden, denn ich wußte ja nicht, wer dieser Werther war.

Auf die Fragen, die mich bewegten, gab mein viel älterer Spielkamerad Ludolf, ein Schwestersohn des Onkels Entreß, Auskunft.

Dieser Knabe war erschreckend klug, und der Onkel Entreß nannte ihn nur den Doktor Allwissend. Von jedem Berg konnte er augenblicklich die Höhe, von jeder Stadt die genaue Einwohnerzahl angeben. Sobald ein Stichwort fiel, zog er ein Schubfach seines Gehirns auf und brachte einige auf den Gegenstand bezügliche Daten oder Zahlen hervor.

Als ich ihm meine Zweifel wegen des Grabes anvertraute, sagte er:

Der Werther war ein Selbstmörder, und Selbstmörder begräbt man nicht in geweihtem Grund.

Was ist das, ein Selbstmörder? fragte ich schaudernd.

Ein Selbstmörder ist einer, der sich selbst das Leben nimmt. So einer, wie der Vetter Jasmund.

Alsbald stand die unheimliche Gestalt eines Verwandten der Entreßschen Familie vor mir, bei dessen Ankunft ich mich jedesmal versteckte, denn er trug ein schwarzes Lederläppchen auf der Stirn, und unter diesem Läppchen, hieß es, sei die Stelle, wo er sich selbst eine Kugel hineingeschossen habe.

Als Ludolf den tiefen Eindruck seiner Mitteilung sah, erzählte er mir alles, was er von Werther wußte. Unter anderem sagte er, Werther habe einen blauen Frack mit gelber Weste angehabt, als er sich erschoß. Warum diese Nebensache mein Entsetzen noch vermehrte, weiß ich nicht, aber es war so. Der unglückliche Werther war fortan der Alp meiner Kinderträume: immer sah ich ihn im blauen Frack mit gelber Weste durch einen langen Gang auf mich herankommen, er hatte das bleiche, todestraurige Gesicht des Herrn von Jasmund, und über der durchschossenen Stirn trug er ein schwarzes Lederläppchen. Aber der Reiz war stärker als das Grauen, und es zog mich jetzt noch mehr als sonst nach der geheimnisvollen Stelle.

Gern hätte ich von Ludolf erfahren, weshalb der Werther die Tat getan, aber mit dieser Frage kam ich an den Unrechten, denn Ludolfs Hirn befaßte sich nur mit Tatsachen; um die inneren Vorgänge kümmerte er sich nicht.

Ich glaube, aus Liebe, sagte er schließlich wegwerfend, als ich mit Fragen nicht nachließ.

Dagegen beschrieb er mir eingehend das Grab mit seiner Umgebung, das er einmal genau besichtigt hatte, als er sich zufällig ganz allein im Plessenschen Garten befand. Nach seiner Schilderung war es ein viereckiges Rasenstück, von den mächtigen alten Trauerweiden ganz überdeckt und mit den schönsten Blumen bepflanzt. Darauf erhob sich über niedrigem Sockel ein gebrochener Säulenschaft, mit marmornem Lorbeerkranz umwunden. Er trug keinen Namen, nur eine lange Inschrift, die mir Ludolf auswendig hersagen konnte. Denn er hatte ein staunenswertes Gedächtnis, das alles einmal Gehörte oder Gelesene wörtlich festhielt, und wenn er am Leben geblieben wäre, so hätte er ein statistisches Genie werden müssen. Er starb aber, noch bevor er die Universität bezog, die Ärzte sagten, an Anämie; ich habe mich jedoch nie der Vermutung entschlagen können, daß er an einer Überfüllung des Gehirns mit Tatsachen gestorben sei. – Der Spruch, den er mir mit geschlossenen Augen mechanisch herleierte, hieß: Morgen wird der Wanderer kommen, kommen, der mich sah in meiner Schöne; ringsum wird sein Auge mich suchen und wird mich nicht finden.

Auf der anderen Seite stand ein griechisches Wort, das nach Ludolfs Erklärung soviel bedeutete wie: Lebe wohl! oder Sei gegrüßt!

Da meine Neugier bei Ludolf keine weitere Nahrung fand, forschte ich Thekla nach dem Geheimnis der Plessenburg aus.

Aber sie konnte mir wenig Auskunft geben, denn der Trieb, die Dinge zu ergründen, lag nicht in ihrer Natur. Sie wußte nur, daß das Grab schon zur Zeit ihrer Schwiegermutter dagewesen war, daß aber nie von demselben geredet wurde. Jedenfalls sei es das Grab einer dem Fräulein nahestehenden Person, sagte sie, denn diese sowohl wie die Schwester Franz – so wurde die Verstorbene auch von den Freunden genannt, in Anerkennung, daß Luise die Hauptperson war –, hätten es stets mit eigenen Händen gepflegt und viele Stunden des Tags in stiller Sammlung dort zugebracht. Auch würde niemals eine fremde Person dorthin geführt, und man habe mit Absicht Bäume und Gebüsche auf dieser Seite des Gartens verwildern lassen, um das Grab den Blicken der Besucher zu entziehen. Thekla selber hatte es nie gesehen. Sie nahm an, daß eine besonders schmerzhafte Erinnerung damit verknüpft sei, irgendein tragisches Familiengeheimnis, das vielleicht außer ihrer verstorbenen Schwiegermutter keinen fremden Mitwisser gehabt habe. Denn diese sei oft in früheren Jahren mit den beiden Freundinnen an dem stillen Ruheplatz gesessen und habe zuweilen auch Kränze dorthin getragen, ohne je den Namen des Toten zu nennen, dessen Andenken sie damit ehrte.

Warum fragst du nicht das Fräulein selber? sagte ich.

Aber Thekla antwortete, daß dies sehr unpassend wäre und daß sie auch gar nicht neugierig sei. Einmal, noch zu Lebzeiten der Schwester Franz, habe ein vorlauter Besucher, nachdem er heimlich bis zu dem Grabmal vorgedrungen sei, diese Frage gestellt, aber das Fräulein habe den Unbescheidenen mit einem Blicke angesehen, daß ihm das Weiterfragen vergangen sei. Und die Schwester Franz sei gleichfalls über die Unschicklichkeit sichtlich bestürzt gewesen. Seit der Zeit würde sich niemand mehr eine solche Freiheit herausnehmen.

Jetzt konnte ich mein Licht nicht länger unter den Scheffel stellen. Ich rückte ganz nahe zu ihr heran und flüsterte in ihr Ohr:

Weiß du denn nicht? In dem Grab liegt ein Selbstmörder wie der Vetter Jasmund.

Tante Thekla fragte, wie ich zu dem Einfall komme, und nun erzählte ich ihr, was ich von Ludolf wußte: daß der Verstorbene Werther geheißen, einen blauen Frack mit gelber Weste getragen und sich aus Liebe erschossen habe. Aber Thekla lächelte und schenkte diesen Mitteilungen keine Beachtung.

Ich konnte nicht wie Thekla von mir rühmen, daß ich nicht neugierig sei, vielmehr brannte ich vor Verlangen, das Grab zu sehen. Ich gab mir alle Mühe, Ludolf zu einer gemeinsamen Forschungsreise in den Nachbargarten zu bewegen. Aber Ludolf wollte sich nicht dazu verstehen, denn nachdem er einmal die Ortsbeschaffenheit besichtigt und alle auf das Grab bezüglichen Tatsachen in seinem Gehirn verzeichnet hatte, war für ihn die Sache abgetan. Und um nichts auf der Welt hätte ich mich auf eigene Hand an die Stelle gewagt, die mich dämonisch anzog.

Wir kamen endlich überein, daß ich allein die Mauer übersteigen und den Gang nach Werthers Grab antreten sollte, während Ludolf oben sitzend als Schildwache zurückbleiben und mir durch seine Nähe eine moralische Unterstützung gewähren wollte. Aber kaum hatte mein zagender Fuß die Mittelallee betreten, die nach der oberen Parkmauer führte, als der Verräter Ludolf mit dem Schrei: Hu, der Werther kommt! hinuntertauchte und verschwand.

Ich machte rechtsum und rannte, so schnell ich konnte, dem Wohnhaus zu, während in meinem Rücken ein lautes Gekläff erscholl und etwas Scharfes mir plötzlich hinterrücks in die Kniekehle fuhr. Ich meinte, der Werther habe mich gefaßt, und fiel laut schreiend in zwei Arme, die sich mir entgegenstreckten.

Es war meine Freundin Julie, die Nähterin des Dorfes, die, mit einem Zeuglappen in der Hand und die Brust mit Nadeln bespickt, mir die Treppe herunter zu Hilfe flog. Ich schluchzte meine Angst in ihren getreuen Armen aus. Schon hatte sich das ganze Haus um mich versammelt, das Fräulein kam in eigener majestätischer Person heran, die Dienerin brachte ein Becken mit Wasser, und der Missetäter Piccolo duckte sich scheu daneben ins Gesträuch. Das gebissene Knie wurde untersucht, und das Fräulein ließ es sich nicht nehmen, die Wunde selber auszuwaschen und mit schneeweißem Leinenzeug zu verbinden, wobei ich die Berührung ihrer linden, weißen, noch völlig glatten Hände äußerst wohltuend empfand. Dann wurde ich mit ausgestrecktem Bein auf der grünen Bank unter den Maulbeerbäumen gebettet, und als Thekla auf die Nachricht von dem Unfall herüberflog, hatte ich Schmerz und Schreck sowie den Zweck meiner Unternehmung, nach dem mich zum Glück niemand fragte, in Juliens Gesellschaft vergessen.

Julie war die Tochter des Sägemüllers, dessen Anwesen drüben am rechten Lindachufer unter der schönen Erlengruppe stand. Ein Herzleiden machte sie gebrechlich, weshalb ich sie für ziemlich betagt hielt, obgleich sie nicht viel über zwanzig zählte. Sie trug sich auch so dunkel und unscheinbar wie eine Alte, und ihre schweren braunen Zöpfe, die ihre einzige Schönheit waren, versteckte sie in einem schwarzen, gestrickten Seidennetz, unter dem ihre Stirn unförmlich hoch erschien. Aber in ihrer verkümmerten Gestalt barg sich ein Feuergeist. Ihre großen Augen hatten oft einen brennenden Glanz, der mehr als von der Krankheit von dem hohen Schwung ihrer Seele herrührte, denn sie schwebte immer in Erdferne und machte dabei rührend schlechte Kleider, alle nach dem gleichen Schnitt für Alt und Jung. Wie auch die Mode wechselte, es war unmöglich, sie zu einer Änderung in ihrem Schnittmuster zu bewegen. Wenn man ihr ein neueres Modell vorlegte, um es nachzuschneiden, so drehte sie es gelassen hin und her und gab es dann zurück, indem sie mit freundlicher Entschiedenheit sagte: Das hat keinen höheren Wert.

Julie war die Vertraute aller Seelenschmerzen im ganzen Ort, denen sie reichlichen Tränenzoll weihte, und wenn irgendwo ein Sterbefall eingetreten war, so erschien sie auch ungerufen im Haus, nähte und weinte. Dabei war sie ebenso tapfer wie gefühlvoll, und jedes Unrecht hatte an ihr eine offene, unversöhnliche Widersacherin.

Für mich gab es keine größere Freude, als wenn ich Julie auf der Sägemühle besuchen durfte. Ich saß dann bei ihr in dem kleinen Stübchen über dem Fluß, wo der Boden schütterte und die alten Erlen zum Fenster hereinsahen, und sie erzählte mir, während sie nähte, schaurige Sagen. Wenn sie aber feierlich gestimmt war, dann ließ sie die Arbeit liegen und deklamierte mit schrecklich falschem Pathos, das jedoch von mir höchlich bewundert wurde, ›Hektors Abschied‹. Sie hatte immer irgendeinen Band Poesie, der dem Fräulein gehörte, auf ihrem Nähtisch liegen und schwärmte für die Griechen, mit deren großen Namen und Taten sie gern das Gespräch würzte; und wenn dabei auch kleine Verwechslungen mit unterliefen, so schadete das nichts, denn ich war noch nicht imstande, sie nachzuprüfen. Julie liebte alles Heroische, und es war ein öffentliches Geheimnis, daß Onkel Entreß, in dem sie das Urbild heldenhafter Männlichkeit sah, der Gegenstand ihrer verschwiegenen Neigung war. Wir Kinder neckten sie auch bisweilen, indem wir ihr Liebesbriefe schrieben, als ob sie vom Onkel kämen. Sie war natürlich über deren Herkunft keinen Augenblick im Zweifel, denn schon die Krakelfüße verrieten ihre Urheber; dennoch machten ihr die Briefe das größte Vergnügen, weil sie ihrer Einbildungskraft schmeichelten. Ja, es wurde mir sogar später erzählt, daß sie sich in ihrer letzten Krankheit unsere Briefe habe unter das Kopfkissen legen lassen, um sich durch das unschuldige Spiel über ihr kurzes, freudeloses Leben zu trösten, und daß sie, mit dem Haupt auf diesen Blättern ruhend, entschlummert sei.

Julie lebte in innigster Freundschaft sowohl mit dem Fräulein wie mit Tante Thekla, denn Standesvorurteile gab es in Ilgenau nicht, und auch der Abstand der Jahre spielte keine Rolle. Nur daß das Fräulein die jüngeren Freundinnen duzte, was von diesen nicht erwidert wurde. Der reinste Idealismus verband diese drei Naturen, an die sich alle zartbesaiteten oder hochstrebenden Seelen im Ort anschlossen. Luise von Plessen hatte schon seit einer Reihe von Geschlechtern der Weiblichkeit von Ilgenau ihren Stempel aufgedrückt.

An gewissen Nachmittagen kamen diese Frauen mit dem Strickbeutel zusammen, redeten von den letzten Unglücks- und Sterbefällen in ihrer Bekanntschaft und weinten dazu, indem eine jede an ihre eigenen Schmerzen, geträumte oder wirkliche, dachte. Das geschah so recht mit Lust, und wenn sie sich ausgeweint hatten, schenkten sie Kaffee ein, aßen Kuchen und waren wieder guter Dinge. Dieses Tränenkonventikel war zwar den Männern ein Greuel, und Onkel Entreß nannte es ungalant das ›Heulkränzchen‹, aber für die Frauen hatte es großen Wert, denn sie reinigten und entluden sich dabei auf Wochen hinaus von aller Trübsal und Bitternis, daß sie die Zwischenzeit in heiterer Rüstigkeit zubringen konnten.

Eine höhere Weihe schwebte über diesen Zusammenkünften, wenn sie auf der Plessenburg stattfanden. Ein solcher Nachmittag, dem auch ich beiwohnen durfte, steht mir noch ganz lebendig vor der Seele. Es war dazu, außer den anderen Gästen, auch die Oberin eines adligen Frauenstiftes aus der Nachbarschaft herübergekommen, und diese neue Gestalt erregte meinen tiefsten Anteil; denn sie war, obwohl nicht mehr jung, von ungewöhnlicher, vornehmer Schönheit und trug einen der stolzesten Namen des Landes. Ich konnte die edlen Züge im Rahmen der schwarzen Haare und die zarte Weiße der Haut nicht genug anstaunen, und obwohl ich sie nur dieses eine Mal gesehen habe, ist ihre Erscheinung mir unvergeßlich geblieben. Julie machte mir später Andeutungen, als ob jener bleiche Herr von Jasmund in ihrem Leben eine Rolle gespielt habe: doch das lasse ich dahingestellt, denn Juliens Phantasie sah überall Liebesromane.

Das Fräulein behandelte den edlen Gast mit einer Auszeichnung, die nicht dem hohen Stand und der Stellung gelten konnte. Sie drückte ihr wiederholt über den Tisch die Hand und sagte dabei ein Wort, das mir unbekannt war und mich durch seinen fremdartigen Klang und die Betonung, womit es gesprochen wurde, noch lange verfolgte.

Dieses Wort, an dessen Bedeutung auch der Doktor Allwissend zuschanden wurde, hieß Missolunghi.

Das Fräulein hatte ein von ihrer Hand geschriebenes Buch auf dem Tische liegen, das auf der gepreßten Lederdecke mit fingerlangen Goldbuchstaben die Aufschrift Poesie trug. Aus diesem las sie mit leuchtenden Augen ein Gedicht, worin unter vielen großartig fremden Namen ein einziger meinen Ohren geläufiger, der Familienname des anwesenden Stiftsfräuleins, vorkam. Von dem Gedicht, das mich sehr entzückte, habe ich nur die eine Strophe behalten:

O Missolunghi, deine Gräber glänzen –

Im übrigen blieb mir der Sinn der Verse ziemlich dunkel, denn er schwebte und schwankte in den unbestimmten Linien einer heroischen Schwärmerei. Um so stärker wirkte die feierliche Sprache, und es war, als müßte jetzt gleich etwas ganz Außerordentliches geschehen. Julie saß mit weit offenen, glänzenden Augen, als starrte sie einer glorreichen Erscheinung entgegen, und Thekla legte beide Arme um das Fräulein, wie aus Furcht, daß sie ihr durch die Lüfte davongetragen werden könnte.

Sie hatte wohl Grund, die hilflose kleine Frau, sich so eng an ihre Beschützerin zu klammern, denn das Fräulein war ihr einziger Halt. Sie allein durfte es wagen, den Onkel Entreß bisweilen abzukanzeln und das verschüchterte Frauchen gegen seine Rücksichtslosigkeiten in Schutz zu nehmen. Sie hatte ihn schon als kleinen Jungen gekannt, und das eingewurzelte Ehrfurchtsverhältnis machte ihn gegen das alte Fräulein zahm. Außerdem war Luise von Plessen die Großtante jener kühnen Amazone, der Onkel Entreß sein Herz nachgeworfen hatte. Im Empfangszimmer der Plessenburg hing ein hübsches Pastellbild der Baroneß Clémence, das ihm lange Zeit großes Verlangen einflößte. Doch das Fräulein verweigerte ihm das Geschenk, weil sie sich über des Mannes hartnäckige und absichtliche Selbstverblendung ärgerte, und sie sagte oft, daß es nur der Reiz des unerlangten Wunsches sei; denn wenn Herr von Entreß ihre Nichte bekommen hätte, so würde er sie um nichts besser behandeln als die arme Thekla. Aber diese selber setzte es durch, daß sie das Bild durch einen zeitweilig im Ort anwesenden Maler kopieren lassen durfte, zur Überraschung für ihren Gatten; eine Güte, die ihr freilich schlecht bekommen sollte, denn der eigensinnige Mann verbohrte sich über dem täglichen Anblick noch mehr in seinen Wahn. Nie konnte er das Bild betrachten, ohne seine Frau durch einen verletzenden Vergleich zu kränken. Das war eine andere als du, pflegte er jeden Augenblick zu sagen, oder: Glücklich der Mann, dem ein solches Weib zuteil wird. Das alles ertrug sie mit freundlicher Miene, indem sie sogar selber an dem Kultus für die Amazone teilnahm; und die Kopie, die über ihres Mannes Schreibtisch hing, stäubte sie jeden Tag mit eigenen Händen ab.

Sie war auch die einzige, die ihm geduldig zuhörte, wenn er von der Baroneß Clémence zu reden anhub, und sie wußte nachgerade jedes Wort auswendig, das die beiden miteinander gesprochen hatten. Nichtsdestoweniger ließ sie sich die Geschichte ihrer Bekanntschaft immer aufs neue erzählen, denn dies war das einzige Mittel, ihn ab und zu in ihrer Nähe festzuhalten. Seine Schwärmerei für die Baroneß Clémence verhinderte ihn aber nicht, ein sehr scharfes Auge für die aufblühenden Dorfschönheiten zu haben, und Thekla wußte wohl, daß er ihr nicht treu war; aber sie trug auch das mit Engelsgeduld, ohne ihr goldenes Gemüt durch Eifersucht vergiften zu lassen. Wer hingegen über des Onkels Liebschaften fuchsteufelswild wurde, das war die Idiotin, die stets auf dem laufenden war, und wenn ein solches Mädchen sich nur von weitem dem Entreßschen Hause näherte, so erhob sie von ihrem Posten hinter dem Zaun ein wütendes Geschrei.

Von all diesen Dingen waren wir Kinder aufs genaueste unterrichtet, ohne daß ich sagen könnte, wer sie uns erzählte. Sie lagen in Ilgenau gleichsam in der Luft, denn niemand hatte dort vor seinen Nachbarn Geheimnisse, und außerdem wurde zwischen Kindern und Erwachsenen wenig Unterschied gemacht: wie die Großen sich willig zu Spielkameraden der Kleinen hergaben, so nahmen sie auch keinen Anstand, uns durch die Gespräche, die sie vor unseren Ohren führten, in ihre Welt hineinblicken zu lassen. Nur dem Geheimnis, das Werthers Grab umschwebte, war ich noch um keinen Schritt näher gekommen, ja ich hatte das Grab, das meine Einbildungskraft so stark beschäftigte, noch immer nicht mit Augen gesehen.

Da berief mich eines Abend Julie, die gerade im Entreßschen Haus nähte, geheimnisvoll in den Garten und bat mich, ihr beim Schneiden von Laub und beim Winden von Kränzen behilflich zu sein; es müsse heimlich geschehen, und niemand als wir beide dürfe darum wissen. Natürlich war ich gleich mit ganzer Seele bei der Sache. Wir füllten einen großen Waschkorb mit Eichenlaub, Immergrün, Stechpalmen und anderem Grünzeug, dann setzten wir uns im hintersten Winkel des Gartens und flochten die Kränze, wobei ich ihr die Zweige reichte und sie dieselben kunstvoll um den Reif aus Weidengerten befestigte. Zuletzt wanden wir noch einen kleineren Kranz aus lauter dunkelroten Rosen, der wunderbar duftete. Aber wie sehr ich in sie drang, Julie wollte mir nicht sagen, für wen die Kränze bestimmt seien. Sie verhieß nur, daß ich ihr in aller Frühe behilflich sein dürfe, sie an Ort und Stelle zu bringen, und daß sie mich zu diesem Zweck zeitig wecken werde. Julie pflegte nämlich, wenn es viel Näharbeit gab, im Entreßschen Hause zu schlafen, und dies waren, glaube ich, ihre glücklichsten Stunden, weil Onkel Entreß abends vor Schlafengehen noch auf der Schwelle der Nähstube erschien und freundlich mit dem Kopfe nickte. Auf dieses Kopfnicken freute sie sich den ganzen Tag.

Des anderen Morgens erschien sie auch richtig ganz früh an meinem Bett und hieß mich leise aufstehen. Ich fuhr schnell in die Kleider und folgte ihr in den Garten, wo wir die Kränze im Brunnentrog aufbewahrt hatten. Es war schon ganz hell, obgleich die Sonne noch hinter den Bergen stand. Wir liefen schnell mit unseren Kränzen durch die feuchten Gartenwege nach dem Grenzmäuerchen, und ich stellte keine Fragen mehr, denn jetzt wußte ich, wohin der Weg ging. Leise und vorsichtig stiegen wir hinüber, um Piccolo, der drüben im Hause schlief, nicht zu wecken. Dann schlichen wir durch den Taxusgang nach der oberen Parkmauer, bis dichtes Gestrüpp uns den Weg versperrte. Julie fand ohne Mühe den Durchgang. Wir traten auf lichtgrünen Rasen, und in der Mauerecke schimmerte uns etwas Weißes durch die Zweige der Trauerweiden entgegen. Es war der Stein von ›Werthers Grab‹.

Zwei Weiden standen rechts und links und ließen wie weinende Dryaden ihr langes grünes Gelock bis zur Erde niederhängen, daß es, weit ausgebreitet, einen rund umschlossenen grünen Tempel bildete. Die dritte war hinter den Grabstein gepflanzt und stieg hoch und strack hinauf, indem sie nur ganz oben eine breite Krone trieb, deren grüne Fahnen wie Fransen eines Baldachins hoch in der blauen Luft über den geneigten Wipfeln ihrer Nachbarinnen hingen.

Wir schoben die Zweige wie einen Türvorhang zurück und fanden uns in einer grünen Dämmerung, die von der aufsteigenden Sonne durchleuchtet war. Ich umging das Grab von allen Seiten, entzifferte die Inschrift, die ich schon kannte, und sah mir lange die unverständlichen griechischen Buchstaben auf der Rückseite an. Der Hügel war mit Efeu und Vergißmeinnicht umrandet und sorglich gepflegt, wie es sonst nur frische Gräber sind. Daneben stand eine steinerne Bank, auf der das Fräulein und auch die Schwester Franz, als sie noch lebte, lesend oder stickend ihre Stunden zu verbringen pflegten.

Schnell war das ganze Grab mit unseren Kränzen bedeckt, und Julie kauerte daneben, um sie zurechtzurücken. Den blutroten, den ich am Fußende niedergelegt hatte, nahm sie weg und befestigte ihn an dem marmornen Säulenschaft.

Ihre Augen glänzten wie zwei Feuerflammen, als sie mir geheimnisvoll sagte:

Heute ist der Tag der Schlacht von Salamis.

Darauf stand sie lange schweigend, wie in stummem Gebet. Aber an der Art, wie sie die Lippen bewegte, merkte ich, daß sie Verse vor sich hin murmelte, und ich meinte auch das Wort ›Missolunghi‹ wieder zu hören.

Plötzlich kniete sie vor dem Hügel nieder, lehnte den Kopf an die steinerne Umrandung und ergoß ihre verhaltenen Gefühle in einen Tränenstrom.

Als sie sich satt geweint hatte, stand sie auf, faßte mich schweigend bei der Hand und zog mich fort, indem sie den Finger auf den Mund legte. Eilig huschten wir längs der Mauer und Hecke hin, bis wir die bequemste Stelle zum Überklettern fanden, und machten erst drüben auf Entreßschem Boden halt. Julie war außer Atem und hielt mit beiden Händen ihr stark klopfendes Herz.

Julie, sagte ich und war froh, endlich wieder reden zu dürfen, wenn aber das Fräulein sieht, daß wir Werthers Grab bekränzt haben –?

Es ist nicht Werthers Grab, antwortete sie. Wie kommst du auf die Dummheit?

Der Ludolf hat es gesagt.

Ach, der will alles wissen und weiß gar nichts.

Sie wollte weitergehen, aber ich ließ sie nicht von der Stelle. Ich legte beide Arme um ihren Leib, was ihr bei ihrem großen Liebesbedürfnis sehr wohl tat, bat und drängte und schmeichelte, bis sie endlich sagte:

Ich weiß, du bist ein verschwiegenes Kind – das war ein Lob, das ich in der Tat verdiente –, ich will es dir sagen. Aber schwöre mir – und sie hob drei Finger auf –, daß du ewig schweigen willst.

Ich tat, was sie verlangte.

Darauf teilte sie mir in gedämpftem Tone mit, daß in dem Grab der Jugendverlobte des Fräuleins liege, der für die Freiheit der Griechen in den Tod gegangen sei.

Ich weiß es nicht von ihr selber, setzte sie hinzu, denn sie spricht nie von dem Grabe. Die Schwester Franz hat es mir anvertraut. Solange sie lebte, haben wir immer gemeinsam an diesem Morgen das Grab mit Kränzen geschmückt. Seitdem sie tot ist, besorge ich's allein. Das Fräulein darf nicht wissen, von wem die Kränze kommen, und sie fragt auch nie danach.

Sie erzählte mir ferner, daß das Fräulein sie einmal in vertrauter Stunde das Bildnis des Verstorbenen habe sehen lassen, das sie in einem Saffianfutteral in ihrem Geheimschubfach aufbewahre. Es stelle einen Jüngling von idealer Schönheit vor. Auch etwas Geschriebenes von seiner Hand habe sie ihr gezeigt, einen Stammbuchvers über den Schmerz, der sei unsäglich schön, und wer ihn gelesen habe, möchte gern sein Leben lang Schmerzen leiden. Außerdem wollte sie noch wissen, daß der Verstorbene Hyperion geheißen habe; das aber glaubte ich ihr nicht, denn es klang mir gar zu befremdlich.

Ihre Griechenbegeisterung übersprang an jenem Tage alle Grenzen und schlug ihr in Blitzen aus den Augen. Sie sagte, wenn sie die Wahl hätte, würde sie das Los des Fräuleins dem höchsten Erdenglück vorziehen, so groß sei die Ehre, den geliebten Gegenstand für die Freiheit eines edlen Volkes hinzugeben.

Und auf dem Rande des Brunnens sitzend, hielt sie mir einen kleinen geschichtlichen Vortrag über die Freiheitskämpfe der Griechen, wodurch sie jedoch in meinem Kopf eine böse Verwirrung anrichtete. Denn sie warf die griechischen Unabhängigkeitskämpfe aus den zwanziger Jahren mit den Befreiungskriegen der alten Hellenen zusammen, verwechselte die Türken mit den Persern, und die Namen Lord Byron, Themistokles und Marco Botzaris fielen beständig durcheinander. Doch was ihr an Kenntnis der Tatsachen abging, das ersetzte sie durch glühende Überzeugung. Sie sah aus, als ob sie jeden Augenblick bereit wäre, eine griechenfeindliche Flotte in die Luft zu sprengen. Ihre erhabene Ausdrucksweise stand dabei zu der breiten Mundart, die zu mildern ihr nicht recht gelingen wollte, im sonderbarsten Gegensatz, und besonders das Wort ›Philhellenen‹, das sie oft gebrauchte, wurde in ihrem Munde so gedehnt, daß es meinem Ohr wie ›Vielhellenen‹ klang und von mir als die Bezeichnung für eine sehr große Griechenschar, vielmehr für das ideale Gesamthellas, aufgefaßt wurde. Ihr Feuer gab diesen längst verklungenen Ereignissen eine solche Lebendigkeit, daß es mir schien, als ob sie von gestern wären. Und wie nahe rückten sie erst, als Julie erzählte, daß es der Vater jener schönen, von mir so bewunderten Stiftsdame gewesen sei, der das Korps der ›Vielhellenen‹ befehligt habe, und daß der Tapfere in dem von ihm verteidigten Missolunghi an der Seite des englischen Dichters Lord Byron begraben liege. Dadurch erhielt jene ferne Vergangenheit eine persönliche Beziehung, und auf die Gestalten, die damit zusammenhingen, fiel wiederum ein verstärkter Glanz zurück, der heute noch ihr Andenken verklärt. Aber niemals beschäftigte ich mich mit der Frage, wer die Gebeine jenes jugendlichen Freiheitskämpfers, der fern auf dem Boden von Hellas gefallen war, nach Ilgenau gebracht haben könne, und der guten Julie erging es offenbar ebenso.

So harmlos und unkritisch, so anspruchslos nach außen und so reich nach innen lebten zu jener Zeit die Bewohner von Ilgenau.

Aber alles irdische Wesen hat den Keim der Verwandlung in sich, und so waren auch damals schon im stillen Mächte am Werk, die der ganzen Idylle ein gründliches Ende machen sollten.

Seit mehreren Jahren war ein von auswärts gekommener Industrieller im Orte ansässig, der ein großes Grundstück nahe am Flüßchen gekauft und eine Ziegelei nebst Kalkbrennerei darauf errichtet hatte. Seine rauchenden Schlöte waren den beschaulichen Seelen von Ilgenau anfangs ein Ärgernis gewesen; da sie aber den Bedürftigen Brot gaben, söhnte man sich mit dem unschönen Anblick aus. Auch daß allmählich immer mehr von dem schönen Wiesengrund aufgerissen und in schmutzige Lehmgruben verwandelt wurde, mußte man gutheißen, weil der wirtschaftliche Vorteil den ästhetischen Schaden aufwog. Die Ziegelei schien gut abzuwerfen, denn der Betrieb wurde erweitert, und Arbeitskräfte aus den benachbarten Ortschaften wurden herangezogen. Das brachte vermehrte Bewegung nach Ilgenau, ein neues Wirtshaus entstand, und die Kramläden kamen in Flor. Dagegen nahm die Sicherheit und ländliche Stille ab; es gab Raufhändel zwischen den Bauern und Arbeitern, und ich erinnere mich, daß in einer Nacht dem Onkel Entreß sämtliche Apfelbäume geleert wurden, – ein Fall, der seit Menschengedenken nicht erhört worden war und der zur Folge hatte, daß von nun an der schreckliche Harraß im Obstgarten schlafen mußte, wodurch es dort sogar für die Hausgenossen nicht mehr recht geheuer war.

Der Ziegeleibesitzer – er hieß Klary – wurde allmählich im Ort eine wichtige Persönlichkeit, die sich in alle öffentlichen Angelegenheiten mischte. – Er war ein sogenannter schöner Mann mit schwarzem Bart und apfelroten Wangen, der anfangs seines Äußeren wegen, besonders beim weiblichen Teil der Bevölkerung, einen günstigen Eindruck hervorbrachte; es wurde sogar eine Zeitlang gestritten, wer schöner sei, er oder der Onkel Entreß. Doch trug des Onkels martialische Erscheinung wie billig den Sieg davon.

Frau Klary trat mit großen Ansprüchen auf, sie machte häufig Besuche bei Thekla und Fräulein von Plessen, wo sie immer sehr freundlich empfangen wurde; nur in dem idealen Kränzchen, dem sie gerne beigetreten wäre, fand sie keine Aufnahme.

Sie hatte noch mehr Kleider als Tante Thekla, stand aber schwerlich zu ihnen in einem so geheimnisvollen

Verhältnis wie diese. Dafür waren ihre Kleider die Bewunderung der ganzen Gegend, so bestimmt auch Julie versicherte, daß sie jedes höheren Wertes ermangelten.

Julie hatte gegen das ganze Klarysche Haus eine unwillkürliche Abneigung; es war, als ob sie von dort her das Eindringen einer fremden, der ihrigen feindseligen Weltanschauung witterte. Dazu kam, daß Herr Klary ihr einmal, als sie im Hause nähte, persönlich zu nahe getreten war. Julie hatte sich nämlich beim Nähen unter den Daumennagel gestochen und war schleunigst gelaufen, die Nadel in Butter zu stecken, damit der gestochene Daumen sich nicht entzünde. Das war so Brauch bei den Nähterinnen, und Julie hatte nie über die Zweckmäßigkeit desselben nachgedacht. Da kam Herr Klary hinzu und machte sich über ihren Aberglauben lustig. Diesen Spott vergab sie ihm nie, denn sie war sich bewußt, ein gebildetes Mädchen zu sein, und verlangte, daß man sie auch dafür anerkenne.

Als Herr Klary den Boden von Ilgenau hinlänglich erforscht hatte – sowohl im wörtlichen als auch im figürlichen Sinne –, erwarb er das Staatsbürgerrecht, und es hieß, daß er sich in den Landtag wählen lassen wolle. Aber damit hatte es gute Wege. Seine Volkstümlichkeit stand auf sehr schwachen Füßen, obgleich er sich als Wohltäter des Landes aufspielte und es in einem gewissen Sinne auch war. Er hielt seine Arbeiter gut, steuerte viel für öffentliche Zwecke bei und half gerne den Armen, besonders wo es mit einiger Offenkundigkeit geschehen konnte. Jedoch diesen Verdiensten stand ein den Gebildeten wie dem Landvolk gleich unerträgliches persönliches Wesen gegenüber. Herr Klary war ein unterrichteter Mann, aber seine Kenntnisse saßen ihm so lose, daß er sie überall anbringen mußte, wo sie erwünscht und wo sie unerwünscht waren. Dadurch stieß er von vornherein bei seinen neuen Mitbürgern an, die von Natur zur Schweigsamkeit und zur Zurückhaltung neigten, und die häufig von den Dingen, die er ihnen erklärte, genauere Kenntnis hatten als er. Auch sprach er einen fremd klingenden Akzent, denn er stammte aus einer weit entlegenen Gegend des großen, damals noch ungeeinigten Vaterlandes. Vor allem aber konnte niemand in seiner Gegenwart den Mund auftun, ohne daß Herr Klary dazwischenfuhr, um zu berichtigen, einzuschränken, zu widerlegen. Alles Dämmernde, Unerklärbare war ihm in der Seele zuwider, daher verfolgte er den Aberglauben mit dem größten Eifer, indem er populär-wissenschaftliche Schriften unter seinen Arbeitern verbreitete, den Bauern im Wirtshaus Vorträge hielt, und jedes Winkelchen, in dem sich noch ein Rest der alten Sagenpoesie verkroch, mit seinem Verstandesbesen reinzufegen suchte. Onkel Entreß und seine Freunde nannten ihn deshalb nur den ›Herrn Aufklärer‹, und um dieser und anderer Eigenschaften willen hielten sie sich die neue Bekanntschaft, soweit es möglich war, vom Leibe.

Unbeirrt durch die schweigende Gegnerschaft der Eingesessenen ging Herr Klary seines Weges weiter. Er kaufte nach und nach all den verschuldeten Kleinbauern ihre Wiesengründe ab und beschäftigte die Männer in der Fabrik. Es hieß, er habe bedeutende Lehmlager aufgefunden, die einen großartigen Betrieb auf Jahrzehnte hinaus sichern würden, aber der Absatz sei zu gering, weil die Beförderungsmittel fehlten. Bisher waren die

Ziegelladungen auf dem Wasserwege versendet worden. Aber die an der Lindach gelegenen Ortschaften boten kein genügendes Absatzgebiet, und überdies verursachte in wasserarmen Jahren die Verfrachtung große Schwierigkeiten. Der Versand auf Ochsenwagen war versucht, aber als zu kostspielig wieder aufgegeben worden. Gleichwohl fuhr Herr Klary fort, sein Kapital in Lehmgründe zu stecken, die ihm vorerst nichts eintrugen, weil er sie unbenützt liegen lassen mußte. Das Landvolk schüttelte den Kopf zu diesem Beginnen; nur einige Tieferblickende waren der Ansicht, er wisse wohl, was er tue, denn Herr Klary habe die Witterung.

Daß er sie wirklich hatte, zeigte sich bald. Schon seit Jahren ging die Rede, daß das Lindachgebiet durch eine Seitenbahn mit den großen Schienenwegen des Landes verknüpft und dadurch der wirtschaftlichen und geistigen Stockung, in der es sich befand, entrissen werden sollte. Aber der Plan war auf die lange Bank geschoben, weil Regierung und Ständekammern anderes zu tun hatten. Durch das Drängen mehrerer Abgeordneten kam er neuerdings wieder in Fluß, man las von den Verhandlungen, die darüber im Landtage gepflogen wurden, und eines Morgens, als die Ilgenauer ihr Amtsblatt entfalteten, war zu ihrer Überraschung die Lindachbahn beschlossene Sache.

In Ilgenau stand man vor der Frage, ob die Bahnlinie den Ort berühren werde oder nicht. Die Allgemeinheit neigte zu der Annahme, daß man den Schienenweg oben am Rande des großen Forstes hinführen werde, wobei man nur der Straße zu folgen brauchte, die sich am Fuß der Berge zwischen Wald und Wiesengelände hielt.

Onkel Entreß fluchte und wetterte im voraus, daß ihm die Eisenbahn das Wild verscheuchen und die Jagd verderben werde. Nur eine kleine Minderzahl, die vom Hause Klary beeinflußt war, vertrat die Meinung, daß man klüger täte, sich dem Flußbett, somit auch der Dorfstraße zu nähern, um für die Zukunft den Anschluß des industriellen Lautertales zu ermöglichen.

Bevor die Ilgenauer mit dem Für und Wider fertig waren, entstand eines Tages eine Bewegung, die das ganze Dorf auf die Beine brachte. Eine Anzahl von Männern in hohen Schaftstiefeln war unter der Führung eines Ingenieurs mit Instrumenten und Meßstangen erschienen und hatte mitten durch die Felder von Ilgenau, ohne Rücksicht auf Zäune und Gräben, eine Linie abgesteckt, die durch eingeschlagene Pflöcke bezeichnet wurde. Bäume waren mit Tafeln versehen und numeriert; und an einzelnen Stellen hatte man farbige Fähnchen neben den Pflöcken aufgepflanzt.

Die abgesteckte Linie führte in einer Entfernung von zwanzig Schritten hinter unserer oberen Parkmauer vorüber. Als die Leute mit ihren Arbeiten so weit gekommen waren, stürzte Ludolf herein, den Vorgang zu melden, und alles lief nach dem Gittertor, um zuzusehen. Ludolf eilte gleich wieder davon, um dem Geometer und seinen Leuten zwischen den Beinen herumzustolpern; denn es gab eine Fülle neuer Tatsachen für ihn einzuheimsen, und man hörte ihn von da an wochenlang nur noch von Theodolithen und Nivellierinstrumenten, von Kurven, Gefällen und dergleichen reden.

Onkel Entreß war gleichfalls erschienen, um den tobenden Harraß im Zaum zu halten, der sich am liebsten über die Mauer hinab auf die fremden Männer gestürzt hätte. Nebenan bellte sein Nachbar Piccolo mit ihm um die Wette. Auch die schwachsinnige Sophie war herzugelaufen und drohte lallend mit einem langen Stecken über die Mauer.

Endlich zog der Lärm auch das Fräulein herbei. Sie kam langsam in ihrem weißen Schäferkleid, ein Buch in den Händen, bis an das niedrige Mäuerchen, das die beiden Anwesen trennte, und erkundigte sich, was vorgehe.

Onkel Entreß trat näher, den Harraß am Halsband haltend, und antwortete, daß man draußen die Vermessungen für die Bahnlinie vornehme; denn die Ingenieure seien am Fuß des Lerchenbergs auf schlechten Boden gestoßen und hätten sich deshalb entschlossen, die Eisenbahn über Ilgenau zu führen.

Die Nachricht, daß hinter ihrem Hause ein Schienenweg gelegt wurde, machte dem Fräulein offenbar gar keinen Eindruck. Ihre Welt war innerhalb der Mauern ihres Gartens, was draußen vorging, bekümmerte sie schon seit lange nicht mehr. Onkel Entreß aber ärgerte sich sehr, daß sein Widersacher Klary Recht behalten hatte, obgleich jetzt der Jagdgrund gerettet war. Klary hatte ihm wiederholt am Herrentisch im Goldenen Kalb auseinandergesetzt, daß oben am Fuß des Lerchenbergs, wo er seine Kalksteine brach, der ganze Grund von Letten durchsetzt sei und die Last der Eisenbahn nicht tragen könne, daß dieser daher nichts übrigbleiben werde, als den Umweg über Ilgenau zu nehmen. Onkel Entreß hatte ihm keinen Glauben geschenkt, denn da er ihn als einen Zungendrescher kannte, hielt er alles, was aus seinem Munde kam, für leeres Stroh.

Aber Herr Klary war diesmal seiner Sache sicher, alle seine Berechnungen beruhten auf diesem schon vor Jahren entdeckten Umstand. Wenn die Eisenbahn den Versand seiner Ziegel besorgte, so konnte er die großen Lehmlager ausnutzen und einen umfassenden Betrieb eröffnen. Dabei machte nicht nur er selbst große Geschäfte, sondern die ganze Gegend nahm einen bedeutenden wirtschaftlichen Aufschwung, und für den Urheber dieses Fortschritts konnte der Friedrichsorden und der ›Kommerzienrat‹ nicht mehr ferne sein. Freilich bedurfte er hierzu einer in dem Bahnunternehmen bisher nicht vorgesehenen Haltestelle zur Güterverladung in der Nähe seiner Ziegelei. Erlangte er diese nicht, so war seine Spekulation eine verfehlte und er selbst zugrunde gerichtet.

Sobald daher die Linie abgesteckt war, verdoppelte Herr Klary seine Rührigkeit. Obwohl von auswärts gebürtig, besaß er gute Verbindungen im Lande und hatte längst nach allen Seiten seine Fühlhörner ausgestreckt. Auch bei der Regierung hatte er sich einen Stein im Brett erworben, indem er während der Wahlen seine Arbeiter zugunsten des Regierungskandidaten aufbot, und als dieser durchfiel, hatte er vermöge der außerordentlichen Anpassungsfähigkeit seiner Natur auch mit den Vertretern der Opposition gute Beziehungen angeknüpft, kurz, der Boden war aufs gründlichste bereitet. Jetzt belagerte er das Ministerium mit Eingaben, wurde bei der Generaldirektion der Staatseisenbahnen vorstellig und fuhr fleißig nach der Residenz, um an maßgebenden Stellen Audienzen nachzusuchen. Daneben setzte er auch noch die umfangreiche Verwandtschaft seiner Frau, die ein

Landeskind war, in Bewegung, um auf den guten Willen der in Frage kommenden Persönlichkeiten einzuwirken.

In den Köpfen der Ilgenauer dämmerte allmählich die Erkenntnis auf, daß sie in ihrem neuen Mitbürger einen Mann vor sich hatten, der trotz seiner überflüssigen Wortfülle sehr genau wußte, was er wollte. Man sprach schon nicht mehr von einer bloßen Haltestelle, sondern von einem richtigen Bahnhof mit allem Drum und Dran, wie es dem zu erhoffenden Aufschwung des Ortes entsprach, und der Kirchturmspatriotismus regte sich gewaltig bei dem Gedanken, daß man im Besitz eines Bahnhofs auf die Nachbardörfer tief heruntersehen konnte. Der Pfarrer und der Schulze waren für den Bahnhof Feuer und Flamme. Auch Onkel Entreß begann sich zu bekehren, indem er den Vorteil erwog, mit der Fortbewegung nicht mehr vom Wetter und den Wegen abhängig zu sein. Er gab dies zwar nicht mit Worten zu, aber daß er aufgehört hatte zu schimpfen, war ein hinlänglicher Beweis seiner veränderten Gesinnung.

Herr Klary leuchtete von Wichtigkeit und hatte beständig die Volkswohlfahrt und Aufklärung, die für ihn mit dem Bahnhof gleichbedeutend waren, im Munde. Er schien seines Erfolges so sicher zu sein, daß er noch immer neue Arbeiter einstellte und fortfuhr, große Mengen von Ziegelsteinen zu erzeugen, für die ihm die Abnehmer fehlten.

Diese scheinbare Unbesonnenheit war ein ebenso kühner wie wohlberechneter Schachzug. Denn als die Entscheidung über sein Gesuch hinausgeschoben wurde, entließ er mit einem Schlag ein Drittel der Angestellten. Alle diese Leute, die über Nacht brotlos geworden waren, trieben sich nun bettelnd und arbeitsuchend im Lande herum und wurden durch ihre bloße Menge eine Gefahr für die Gegend. Die Behörden begaben sich zu Herrn Klary, um mit ihm wegen der Wiederaufnahme der Arbeiter zu unterhandeln; aber er führte die Herren in seinen Schuppen umher, zeigte ihnen die Menge der unverkauften Ziegel und kündigte ihnen bedauernd an, daß er sich wahrscheinlich demnächst genötigt sehen werde, auch den Rest seiner Leute zu entlassen und die Fabrik zu schließen. Diese Drohung verbreitete eine allgemeine Beunruhigung, man redete nur noch von Diebstählen und Einbrüchen, an allen Haustüren wurden Schlösser und Riegel erneuert, und das Landvolk, soweit es etwas zu verlieren hatte, rüstete sich, um etwaige Friedensstörer mit der Waffe in der Hand zu empfangen. Bei den Behörden liefen von seiten der geängstigten Einwohner Klagen ein, und diese erstatteten wiederum Bericht nach oben. Auch die Presse bemächtigte sich der Angelegenheit, indem sie die Forderung des Fabrikherrn unterstützte und auf schleunige Bewilligung des Bahnhofs drang. So kam unter allseitigem Druck die Sache ins Rollen, und als die Nachricht von der Genehmigung seines Gesuches eintraf, ließ Herr Klary am Lindachufer ein Feuerwerk abbrennen, das, von der Sägemühle aus gesehen, uns Kindern einen unvergeßlichen Anblick gewährte.

Natürlich habe ich die Umtriebe, die diese Entscheidung herbeiführten, erst viele Jahre später kennengelernt, denn in meinem damaligen Gesichtskreis hatten sie noch keinen Raum. Aber sehr genau verstand ich die persönlichen Folgen, die sich daran knüpften, und was ich nicht miterlebte, das wurde mir später durch die Erzählungen reiferer Augenzeugen ergänzt.

Noch kann ich den Onkel Entreß vor mir sehen, wie er eines Vormittags ins Zimmer trat und ganz aufgeräumt zu seiner Frau sagte:

Kind, halte dich fertig, wir werden expropriiert.

Exprop– was heißt das? fragte diese.

Das heißt, daß man unsere alte Baracke abträgt und einen Bahnhof dafür hinstellt, natürlich gegen gute Entschädigung.

Der armen Thekla verging der Atem.

Wir müssen das Haus verlassen? fragte sie fassungslos; denn der Onkel, der alles allein abmachte, hatte völlig versäumt, sie vorzubereiten.

Ich hab' es gesagt, antwortete er ungeduldig.

Sie sah aus, als ob der Himmel vor ihr eingestürzt wäre.

Es hat aber doch wenigstens keine Eile? fragte sie.

Willst du warten, bis man dir das Dach über dem Kopf abbricht? polterte er dagegen.

Wo sollen wir aber hin? rief sie, noch immer ganz verwirrt.

Das wird sich zeigen. Vorerst finden wir im Jägerhaus Unterkunft. Und die Kinder – er meinte Ludolf und mich – bleiben so lange bei uns, damit du dich leichter angewöhnst, das hab' ich mir schon von den beiderseitigen Eltern ausbedungen.

Ein Dankesblick lohnte ihm diese Aufmerksamkeit. Dann lehnte Thekla ihren Kopf gegen den meinigen, um die hervorbrechenden Tränen zu verbergen.

Geh, Kind, werde mir nicht sentimental, sagte ihr Gatte in freundlicherem Tone. – Wir bekommen mehr, als das ganze Ding wert ist, und können zufrieden sein.

Aber, Ulrich, das Haus, wo wir unsere Flitterwochen verlebt haben?

Nun, wir bauen ein neues an einem anderen Fleck, und dann gibt's neue Flitterwochen.

Diese Aussicht schien der armen Thekla nicht viel Wahrscheinlichkeit zu haben, denn sie ließ den Kopf hängen.

Plötzlich fuhr sie wie erschrocken auf: Ulrich, – müssen die Plessens auch heraus?

Selbstverständlich. Soeben werden drüben die Vermessungen vorgenommen. Wenn die Leute fertig sind, kommen sie zu uns.

Aber das ist ja gar nicht möglich.

Der Onkel begriff nicht gleich.

So denke doch nur: das Häuschen, das sie seit zwanzig Jahren nicht verlassen hat – der Garten – das Grab. Wie kann man sie davon trennen! Das ist ja himmelschreiend, das überlebt sie nicht.

Ja, Donnerwetter! Das hab' ich nicht bedacht.

Sie kann ja nirgends anders leben als auf diesem Fleck Erde. Was soll sie anfangen ohne ihren Taxusgang und ihre Buchsbaumbeete?

Das ist wohl wahr.

Kann man es denn mit Gewalt nehmen?

Freilich kann man.

Und die Leute sind schon drüben? Ulrich, Ulrich, du wirst sehen, sie überlebt es nicht.

Er zuckte die Achseln. Was willst du! Höhere Gewalt. – Die öffentliche Nützlichkeit! Dagegen kann der einzelne nicht aufkommen.

Aber man sah ihm wohl an, daß auch er betroffen war;

denn die ›Sentimentalität‹, die er seiner Frau zum Vorwurf machte, fand er bei dem alten Fräulein, an das er von Jugend auf gewöhnt war, ganz in der Ordnung. Während sie noch redeten, kam das Dienstmädchen aus der Plessenburg herübergestürzt und schrie durch das ganze Haus, der gnädige Herr möchte schnell hinüberkommen, ihr Fräulein wolle sterben. Da haben wir's! sagte Onkel Entreß und eilte sporenklirrend hinaus.

Der ganzen Szene hatte ein Freund des Hauses angewohnt, ein gewisser Doktor Hellmuth, der öfters aus der Stadt herüberkam und mir wegen seiner immer nagelneuen gelben Glacéhandschuhe merkwürdig war. Er hatte ein kluges Juristengesicht mit stechendem sarkastischem Lächeln, trug eine goldene Brille, und jeden Satz, den er sprach, schränkte er sofort wieder ein, als ob er immer einen Gegner vor sich hätte, der ihn auf einem Irrtum zu ertappen suchte.

Dieser Herr Hellmuth war dem Gespräch mit Aufmerksamkeit gefolgt, doch ohne sich einzumischen; nur als von der Rechtsfrage die Rede war, hatte er mit dem Kopfe genickt.

Als der Onkel gegangen war, erkundigte er sich genau nach dem Zusammenhang.

Thekla erzählte ihm von der alten Dame, welche Stellung sie in Ilgenau einnehme, wie sie mit ihrem Häuschen und Garten verwachsen sei.

Wer das Fräulein kennt, sagte sie, wird Ihnen sagen, daß diese Gestalt sich nirgends bewegen kann als in diesem Garten. So, wie sie heute hier umhergeht, im weißen Kleid und gelben Strohhut, so ging sie schon vor einem halben Jahrhundert. Die Zeit ist für sie nicht weitergegangen; ihre Jugend, ihre Liebe sind noch um sie her. Diese Beete und Buchsbaumhecken wissen alles von ihr, jeden Traum, jede Träne. Nehmen Sie ihr das, so ist es aus mit ihr. Sie stirbt wie ein alter Baum, den man nicht mehr verpflanzen kann.

Ich hörte voller Verwunderung zu, denn auf diese Weise hatte Tante Thekla noch nie geredet. Sie war für gewöhnlich schüchtern wie ein Kind, besonders in des Onkels Gegenwart, und die Leute hielten sie für einfältig; sie wußten nicht, daß es auch eine Weisheit des Herzens gibt.

Der Besucher zog währenddessen nachdenklich seinen Schnurrbart über die Oberlippe herunter.

Ich begreife, gnädige Frau, sagte er, daß hier ein allerhöchstes *pretium affectionis* vorliegt. Davor kann jedoch der öffentliche Zweck keinen Halt machen. Träume und Erinnerungen erkennt das Gesetz nicht als Enteignungshindernisse an. Aber ich hörte Sie vorhin sagen, daß sich ein Grab auf dem Grundstück befinde? – Ein Grab, das von der Besitzerin pietätvoll gehütet wird?

Allerdings, antwortete Thekla.

Das Grab verschließt die irdischen Reste eines nahen Angehörigen des Fräuleins von Plessen?

Ich glaube, war die zögernde Entgegnung.

Sie können mir nicht bestimmt sagen, ob es ein Vater oder Bruder oder wer sonst ist?

Das kann ich nicht, antwortete Thekla. Ich weiß nur, daß das Grab die hauptsächlichste Ursache war, daß die beiden Fräulein von Plessen beim Verkauf diesen Teil des Gutes für sich zurückbehielten, und daß sie ihn für keinen Preis der Erde jemals freiwillig hergegeben hätten. Die Verstorbene dachte auf diesem Punkte genau wie ihre Schwester.

Woraus geschlossen werden dürfte, ergänzte der Jurist bedächtig, daß die Plessenschen Familienempfindungen stark an der Erhaltung des Grabes beteiligt sind.

Ich schwieg während dieses Verhörs, eingedenk des Schwures, den ich Julie getan hatte.

Nun, sehen Sie, gnädige Frau, fuhr der Besucher langsam und jedes Wort wägend fort, wenn Fräulein von Plessen ernstlich gegen die Enteignung Einspruch erheben will, so könnte meines Erachtens das Vorhandensein des Grabes als Weigerungsgrund geltend gemacht werden. Ein Grab ist geweihter Boden, es ist ein Kultgegenstand, der ohne die allerzwingendsten Gründe der öffentlichen Wohlfahrt und Nützlichkeit nicht angetastet werden darf. Ich bin nicht genügend fachmännisch unterrichtet, um zu entscheiden, ob für Erstellung eines Bahnhofs in Ilgenau gerade nur dieser eine Fleck Erde geeignet ist; aber als alter Jurist kann ich Ihnen sagen, daß das Grab ausreichend Anlaß geben dürfte, um eine Änderung der Anlage wenigstens in Betracht zu ziehen.

Und um diese Meinung zu erläutern, erzählte er eine langwierige Prozeßgeschichte von einem nicht mehr im Gebrauch befindlichen Dorfkirchhof, durch den eine Straße gezogen werden sollte, was durch den Widerstand der Familien, die dort ihre Gräber hatten, vereitelt worden war.

In diesem Falle, schloß er, handelt es sich zwar nur um ein Privatbegräbnis, aber auch ein solches steht unter öffentlichem Schutze. Thekla hatte der Erzählung mit abwesendem Gesichte zugehört, jetzt sagte sie in einem Ton schüchterner Hoffnung:

Dann könnten vielleicht auch wir bleiben?

Die Möglichkeit ist nicht ausgeschlossen, aber versprechen kann ich nichts.

Doktor Hellmuth! rief sie, wollen Sie sich der Sache annehmen? Mein Mann befaßt sich nicht gern mit den Behörden, und Fräulein von Plessen hat keinen anderen Berater. Wollen Sie? Oh, wie wäre ich Ihnen dankbar!

Aber bitte, gnädige Frau, mit dem größten Vergnügen.

Dann führe ich Sie gleich hinüber, damit Sie das Fräulein selber sprechen, sagte Thekla, und mit den raschen, zierlichen Bewegungen eines hüpfenden Vogels, die ihr eigen waren, lief sie ins Nebenzimmer, um ihre Mantille zu holen. Es fiel mir auf, daß der Besucher ihr einen langen Blick nachsandte. Dann nahm sie ihren ›Schatten‹, wie Onkel Entreß mich zu nennen pflegte, bei der Hand, und wir wanderten alle drei hinüber nach der Plessenburg.

Drüben in dem verdunkelten Schlafzimmer, dessen grüne Rollvorhänge herabgelassen waren, lag das Fräulein, weiß gekleidet wie immer, auf ihrem Bette ausgestreckt, mit nassen Umschlägen über Stirn und Augen. Im ganzen Hause roch es nach aromatischem Essig.

Ich stand zögernd auf der Schwelle, während Thekla sich der Kranken mit zärtlicher Ehrerbietung näherte und Doktor Hellmuth im Vorzimmer zurückblieb. Da erhob sich aus dem Dunkeln eine kauernde Gestalt, in der ich die gute Julie erkannte. Diese zog mich mit sich in den Garten hinunter und zeigte mir die niedergetretenen Blumen und die Pflöcke, die rücksichtslos mitten in den blühenden Beeten und den sauberen Kieswegen eingeschlagen waren. Dabei erzählte sie mit fliegendem Atem die eben erlebte Schreckensszene.

Das Fräulein war, wie es scheint, schon geraume Zeit von der bevorstehenden Enteignung benachrichtigt, hatte aber in ihrer nachtwandlerischen Weise der amtlichen Mitteilung gar keine Beachtung geschenkt.

Mein Haus und meinen Garten kann man mir nicht nehmen, hatte sie ruhig geantwortet, wenn andere sie auf die drohende Gefahr aufmerksam machten, und auch als die Einschätzungskommission erschien, um das Grundstück zu beaugenscheinigen, hatte sie einfach abgelehnt, die Herren zu sehen, ohne sich von der Bedeutung dieses Vorgangs Rechenschaft zu geben.

Da war sie plötzlich vor einer Stunde durch die Ankunft des Ingenieurs überrascht worden, der unangemeldet mit seinen Leuten in den Garten eindrang und ohne Umstände mit den Vermessungen begann. Das Fräulein, das gerade unpäßlich war, erhob sich vom Lager und traute ihren Augen nicht, als sie diese Anstalten sah. Sie war außer sich und verlangte den Ingenieur zu sprechen. Dieser aber ließ ihr kurz angebunden durch Julie zurücksagen, er tue hier, was seines Amtes sei, und bitte ihn nicht in der Arbeit zu stören.

Während unten bei dem Wutgeheul Piccolos und der Schwester Sophie die Blumenbeete zerstampft und die Taxuswände mit der Meßstange eingerissen wurden, rannten oben die Dienstboten schreiend durcheinander, denn das Fräulein lag, nach Luft ringend, in Juliens Armen. Sie hatte den Versuch gemacht, hinabzusteigen und in Person ihr Eigentum zu schützen, war aber nur bis zum ersten Treppenabsatz gekommen, als sie von einem Herzkrampf befallen wurde, daß man sie auf ihr Bett zurücktragen mußte. Julie fürchtete jeden Augenblick, sie sterbe ihr unter den Händen. Doch zum Glück erschien Onkel Entreß und machte der Aufregung ein Ende, indem er den Ingenieur bewog, für heute abzuziehen und lieber mit den Vermessungen im Nebenhause zu beginnen. Auf Onkel Entreß stand jetzt Juliens ganze Zuversicht, und sie hatte von seiner Macht eine sehr verworrene Vorstellung, denn sie hoffte, er werde wie ein Feuerbrand in den Klaryschen Anhang fahren und ihn in alle Winde zerstreuen.

Wir bemühten uns, die Spuren der Zerstörung zu vertilgen, indem wir die zertretenen Pflanzen aufrichteten und die zerfetzte Taxuswand wieder zusammenschoben. Julie weinte nicht bei dieser Beschäftigung – das tat sie nur angesichts des Unwiderruflichen; solange sie noch kämpfen konnte, flammte und glühte sie. Mit bebenden Händen rüttelte sie an den eingerammten Pflöcken, die jedoch unseren vereinten Kräften einen felsenfesten Widerstand entgegensetzten. Dagegen rissen wir keine zehn Schritte von ›Werthers Grab‹ ein rotes Fähnchen aus dem Boden, wobei Julie begeistert deklamierte:

O Missolunghi, deine Gräber glänzen –

Und wir schwenkten es im Triumph gegen Thekla, als sie mit Doktor Hellmuth das Haus verließ.

Ich hörte, wie dieser im Hinausgehen sagte:

Wenn alle Stränge brechen, so bleibt dem Fräulein noch immer übrig, die Vermittlung des Monarchen anzurufen. Sie steht ja, wie ich höre, in Beziehung zum Hofe.

Worauf Thekla ihm mit innigem Blick die Hand reichte und zur Antwort gab:

Tun Sie, was Sie für das Beste halten; Sie erwerben sich den größten Anspruch auf unsere Dankbarkeit.

Da bückte er sich und küßte ihre Hand, eine Huldigung, die sonst nicht üblich war, und die mich einigermaßen in Verwunderung setzte.

Der Besuch hatte übrigens nur ein paar Minuten gedauert, denn das Fräulein durfte nicht mit Reden belästigt werden. Sie lag mit Kopfschmerzen und starkem Herzklopfen danieder, und es stellte sich von Zeit zu Zeit Irrereden ein, während dessen sie dringend nach ihrer Schwester Franz verlangte. Dieser Zustand dauerte wochenlang. Der Doktor wußte nicht, was aus den Symptomen machen, und mehrmals mußte Onkel Entreß im Jagdwägelchen nach der Stadt fahren, um den Oberamtsarzt zu holen, der die beängstigte Umgebung jedesmal versicherte, bei großer Ruhe und guter Pflege würde der Anfall vorübergehen.

Mittlerweile tat der von Thekla geworbene Rechtsbeistand auf eigene Hand die Schritte, die ihm im Dienste seiner Klientin geboten schienen. Er zeigte zunächst der Bausektion den Einspruch der Besitzerin gegen das Enteignungsverfahren an und begründete ihn damit, daß in dem niederzureißenden Garten ein Glied der Familie von Plessen begraben sei. Die Herren von der Bausektion waren nicht gewillt, in einer so zarten Angelegenheit gewaltsam vorzugehen, und berichteten an die Generaldirektion. Herr Klary, der gern den Großmütigen spielte, erbot sich unterdessen, besagte von Plessensche Gebeine auf eigene Kosten zu sammeln und mit wieviel Pracht man nur immer wünschen könne, auf dem Friedhof von Ilgenau beisetzen zu lassen, aber Doktor Hellmuth wies den Vorschlag ab und beharrte auf der Weigerung.

Man hatte schon einige Zeit verhandelt, bevor von der

Klaryschen Partei die Frage aufgeworfen wurde, welches Glied derer von Plessen denn eigentlich auf dem Grundstück begraben liege. Zu seinem Verdruß konnte Doktor Hellmuth diese Frage nicht mit Bestimmtheit beantworten. Da er jedoch aus gewissen Andeutungen geschlossen hatte, daß es sich um einen männlichen Angehörigen der Familie handle, machte er die Angabe, es müsse aller Wahrscheinlichkeit nach der Vater oder der Bruder sein. Doch es wurde ihm mit Leichtigkeit nachgewiesen, daß der Vater des Fräuleins an der Seite seiner Gattin auf dem Ilgenauer Friedhof schlummerte; desgleichen war es allgemein bekannt, daß Luise von Plessen nur einen einzigen Bruder besessen hatte, jenen Tunichtgut, der sein Erbe verplempert hatte und dann in Amerika zugrundegegangen war. Auch konnte nirgends eine Urkunde oder irgendein Vermerk über ein auf dem Plessenschen Gute stattgefundenes Privatbegräbnis aufgetrieben werden. Der Pfarrer war erst seit wenigen Jahren am Ort und wußte gar nichts von der Sache, in den Registern seiner Vorgänger fand sich keine Spur. Die Sache war augenscheinlich schon gar zu lange her; die ältesten Leute wollten sich nur erinnern, daß das Grab von jeher dagewesen und daß man es früher ›Werthers Grab‹ genannt habe, eine Bezeichnung, von der man nicht mehr wußte, wie sie entstanden war.

An das Fräulein konnte man keine Frage stellen. Sie lag noch immer die meiste Zeit geistesabwesend, in Gesprächen und Jugenderinnerungen mit der Schwester Franz. Das Schwert, das über ihrem Haupte hing, hatte sie ganz vergessen und durfte auch in der Genesung nicht daran erinnert werden. Doktor Hellmuth begab sich trotz

Piccolos Einwendungen zweimal an ›Werthers Grab‹, aber der Stein beharrte in seinem alten Schweigen.

Das Grab, von dessen Dasein bisher nur wenige Eingeweihte gewußt hatten, wurde jetzt an jedem Biertisch besprochen und gab zu unendlichen, mehr oder minder romanhaften Mutmaßungen Anlaß. Wir beide, Julie und ich, verrieten uns mit keiner Silbe. Gleich nachdem die Nachforschungen ruchbar geworden waren, kam sie ins Haus gestürzt und nahm mir den erneuerten Schwur ab, daß ich von dem Geheimnis, das ihr fast wider Willen gegen mich entschlüpft sei, schweigen wolle, bis das Fräulein selbst es offenbare. Diese wiederholten Einschärfungen hatten zur Folge, daß ich, sobald nur von dem Grab die Rede war, mich verfärbte und innerlich zu beben anfing, als ob ein von meiner Hand Ermordeter darin verborgen läge.

Die Generaldirektion sandte nun einen Oberbaurat aus der Residenz nach Ilgenau, um zu untersuchen, ob sich kein anderer Platz für den Bahnhof finden lasse als das Entreß-Plessensche Grundstück. Doch konnte dieser der Wahl des Ingenieurs nur beipflichten. Auch ein Blinder mußte sehen, daß der Bahnhof, wenn er dem Zweck, zu dem er erbaut wurde, richtig entsprechen sollte, an der geplanten Stelle am besten stand. Von hier war nur ein kurzer Weg zur Klaryschen Ziegelei, und die Verbindung konnte mit den geringsten Kosten hergestellt werden. Außerdem lag der Ort am Ende der Dorfstraße und nur einige hundert Schritte von der Brücke entfernt, die den Verkehr mit der nächsten größeren Ortschaft vermittelte. Der Bahnhof war also an diesem Fleck – was für einen Bahnhof ein Hauptpunkt ist – von allen Seiten am leichtesten zu erreichen.

Gleichwohl, so lautete das Gutachten, ließe sich für die Ilgenauer Bahnstation noch eine zweite Stelle in Betracht ziehen, nämlich der ›Brühlhof‹, der eine kleine Strecke außerhalb des Dorfes lag und teilweise von der abgesteckten Bahnlinie durchschnitten wurde. Doch wäre damit für Fräulein von Plessen nichts gewonnen. Ihr Anwesen, ebenso das Entreßsche, müßte dennoch fallen, weil Herr Klary sein Zufahrtsgeleise nach dem Bahnhof keinen anderen Weg führen könnte als durch eben diese Grundstücke; nur daß das Geleise um etliche hundert Fuß länger und dementsprechend kostspieliger werden müßte. Und wenn dabei auch die betreffenden Wohnhäuser geschont werden könnten, so würden doch die Gärten so verschändet, daß von einem Genuß derselben keine Rede mehr wäre.

Er riet deshalb Herrn Klary, eine gütliche Verständigung mit dem Fräulein anzubahnen, und schied von Ilgenau, ohne die Frage zum Austrag zu bringen.

In diesem Gutachten sah Doktor Hellmuth, der immer mehr ins Geschirr ging, eine vielversprechende Wendung. War die Verlegung des Bahnhofs einmal für technisch möglich erklärt, so hoffte er sie auch durchsetzen zu können, und mit dem Zufahrtsgeleise glaubte er gleichfalls fertig zu werden. Wieso, setzte er im Entreßschen Hause einleuchtend auseinander.

Das Grundstück für den Bahnhof, sagte er, wird vom Staat gefordert und soll einem öffentlichen Zwecke dienen, müßte also dem Staat überlassen werden, sobald er ernstlich vorginge. Das Zufahrtsgeleise aber ist ein Privatunternehmen und dient einer privaten Nützlichkeit. Wir halten uns an den Buchstaben. Privatunternehmungen unterstehen einem anderen Rechtsparagraphen als die öffentlichen. Wird nur erst die Station am Brühlhof gebaut, so will ich dem Zufahrtsgeleise so viele Hindernisse in den Weg legen, daß Herr Klary an mich denken soll. Und wenn wir auch schließlich nicht den Sieg behalten, so will ich die Sache doch so lange hinziehen, daß das Fräulein unterdessen Zeit hat, auf ihrem Besitztum ruhig an Altersschwäche zu sterben.

Onkel Entreß ging mit Vergnügen auf diese Spitzfindigkeiten ein. Denn wenn ihm auch an der Erhaltung seines Gutes wenig gelegen war, so freute es ihn doch, das Fräulein aus der Bedrängnis gerettet zu sehen, und vielleicht noch mehr, seinem alten Widersacher ein Bein zu stellen. Thekla aber betrübte sich, daß die gute Sache solche Winkelzüge nötig habe, und der Jurist lächelte nachsichtig über diese weibliche Schwäche.

Der Doktor kam fleißig ins Haus, um Thekla von allen seinen Bemühungen in Kenntnis zu setzen. Allmählich aber schien es, als ob seine Besuche dem Onkel Entreß zu viel würden. Sobald er ihn kommen sah, verließ er das Haus unter den Zeichen einer großen Mißstimmung. Dies tat er zwar auch sonst, wenn seine Frau Besuch empfing, nur pflegte er dann seinen Hunden zu pfeifen und in den Forst oder ins Wirtshaus zu gehen. Wenn aber Doktor Hellmuth um den Weg war, so stampfte er in Hof und Garten umher, sah häufig nach, ob der Besucher noch nicht gehe, schalt die Mägde und war sogar gegen uns Kinder unwirsch, was sonst niemals vorkam. Dafür wurde auch sein Betragen von unseren Kinderaugen scharf beobachtet.

Das Fräulein war unterdessen vom Krankenlager erstanden und ging wie sonst im Strohhut und den Netzhandschuhen gärtelnd und mit sich selber redend unter ihren wiederhergestellten Blumenbeeten auf und ab. Man hatte sie vorsichtig vom Stand der Dinge in Kenntnis gesetzt, aber sie war im Kopf noch schwach und brachte alles durcheinander. Sie lächelte beständig wie im Traum, und auch in Gegenwart Dritter sprach sie laut mit den Unsichtbaren. Über die jüngsten Ereignisse schien sich ihr ein Schleier gelegt zu haben, dagegen setzte sie Julie oft durch die Stärke ihres Gedächtnisses in Erstaunen, wenn sie gegen die junge Freundin anfing: Weißt du noch – Anno dazumal – und dann irgendeine Geschichte aus dem Anfang des Jahrhunderts hervorbrachte, als ob Julie sie mit erlebt hätte. Meist wurden solche Erinnerungen durch dieses oder jenes Plätzchen im Garten, an das sie sich knüpften, geweckt, und noch nie hatten die Freunde ihre unauflösliche Zusammengehörigkeit mit ihrem Grund und Boden so deutlich empfunden wie in diesen Wochen.

Eine Nachmittags kam Doktor Hellmuth wieder einmal mit seinen gelben Glacéhandschuhen zu Tante Thekla. Der Onkel stand im Hof und peitschte aus Wut seine Hunde, weshalb es mir drunten nicht gemütlich war und ich vorzog, mich im Nebenzimmer herumzudrücken. Es war mir zwar keineswegs verboten, bei diesen Besuchen im Zimmer zu sein, im Gegenteil, Thekla rief mich, wann es nur immer anging, herein, aber des Mannes Gesicht war mir in der letzten Zeit so unangenehm geworden, daß ich ihm aus dem Wege ging.

Ich hörte ihn vom Nebenzimmer aus wie gewöhnlich reden, doch allmählich wurde seine Stimme leiser und sank bis zum Flüstern. Und plötzlich vernahm ich etwas wie ein Rücken von Stühlen, dann einen Schrei und ein Klatschen, wie wenn ein nasses Tuch gegen einen Stein geschlagen wird.

Im Schreck, daß der Tante ein Leid widerfahren sein könnte, stürzte ich ohne weiteres zur Türe hinein. Da sah ich Thekla mit flammenden Augen im Zimmer stehen und vor ihr zornig und verstört Herrn Hellmuth, dessen eine Wange todesbleich, die andere feuerrot war. Thekla flog mir entgegen und riß mich an sich, während Doktor Hellmuth, ein paar unverständliche Worte stammelnd, das Weite suchte. Die Tante brach in Tränen aus und schluchzte: Welch eine Schlechtigkeit! So kann eine arglose Frau mißverstanden werden! wodurch mir die seltsame Szene noch seltsamer erschien. Endlich ließ sie mich gar noch versprechen, von dem Vorgang niemand ein Wort zu sagen, und ich verschloß, nicht ohne eine gewisse Genugtuung, ein zweites Geheimnis in meiner Brust.

Doch blieb ich nicht die einzige Seele, die es teilte; denn am selben Abend hatten Onkel und Tante eine lange Unterredung miteinander, wobei wir junges Volk hinausgeschickt wurden. Als ich später zufällig wieder an der offen gebliebenen Tür vorüber mußte, hörte ich den Onkel sagen:

Es war recht einfältig von dir, daß du den Mann nicht von Anfang an durchschaut hast.

Er sprach aber nicht in dem brummigen Ton, den er sonst gegen sie anschlug, sondern um vieles freundlicher. Und gleich darauf setzte er hinzu:

Bist ein braves Weibchen – komm, da hast du einen Kuß.

Das alles erschien mir außerordentlich merkwürdig

und ließ mich ahnen, daß die Welt der Großen doch viel verwickelter sei, als ich bisher gedacht hatte.

Soviel wurde mir in den nächsten Tagen klar, daß der wichtige Doktor Hellmuth mehr versprochen hatte, als er halten konnte, und diesem Umstand schrieb ich schließlich die gegen ihn eingetretene Erkaltung zu.

Dem Fräulein wurde nämlich vom Enteignungsgericht aus angezeigt, daß ihr Einspruch als unhaltbar verworfen, dagegen aber die Entschädigungssumme freiwillig erhöht worden sei; sie werde ersucht, sich schleunigst nach einem anderen Wohnsitz umzusehen, widrigenfalls die Enteignung zwangsweise vorgenommen werden müßte.

Jetzt stand man mit einem Schlage vor dem Äußersten; denn daß mit Geld dem Fräulein nichts vergütet werden konnte, lag auf der Hand. Julie raste wie eine Feuerflamme von Haus zu Haus, hielt Reden an das Landvolk und rief die männliche Jugend, ihre Brüder voran, zum Schutz des Fräuleins auf. Sie sollten sich unter den Befehl des Herrn von Entreß stellen und des Fräuleins Tür gegen die Expropriationskommission, so nannte man das Ding, verteidigen.

Ihre Beredsamkeit blieb nicht ohne Wirkung, denn Julie war selber ein Kind des Volks und verstand die Saiten zu treffen, welche klangen.

Sie erinnerte an das so lange Zeit von der Familie Plessen ausgeübte Patronat sowie an die Wohltaten, die das Fräulein unermüdlich auch nach ihrer Verarmung noch gespendet hatte, und sprach von Herrn Klary als einem hergelaufenen Menschen, der dem ganzen Ort zum Schaden sei. Dieser hatte sich schlechterdings, trotz seiner Bemühungen um Volkswohl und Aufklärung, bei den

Landleuten keinen Dank verdient. Man nahm es ihm übel, daß er die Äcker, die unterdessen Feldfrüchte tragen konnten, brach liegen ließ und dadurch viele ländliche Tagelöhner beschäftigungslos machte. Auch hatte der Schulmeister die Überzeugung geäußert, die Eisenbahn werde durch ihren Kohlendampf künftig die Ernte verschlechtern, und die ganze Bauernschaft, mit Ausnahme des Schulzen, schwor auf die Worte ihres Schulmeisters, weil er ihnen von klein auf die Hochachtung vor seiner Weisheit mit dem Stock eingebleut hatte.

Sobald das Fräulein sich am Zaun oder auf der Altane blicken ließ, riefen ihr die Vorübergehenden zu: Nur dableiben! Wir lassen Ihnen kein Unrecht geschehen! Und wie man sich schon bei den Arbeiterunruhen mit dem Gedanken an Selbsthilfe vertraut gemacht hatte, so nahm man auch jetzt die Sache nicht schwer, sondern rückte, ein Dutzend Mann stark, mit Sensen und Dreschflegeln vor der Plessenburg auf, zum unendlichen Vergnügen der Idiotin, die an ihrem Zaune stand und dieser kriegerischen Jugend die freundlichsten Grimassen schnitt. Herr von Entreß hatte übrigens den Oberbefehl abgelehnt.

Um Unannehmlichkeiten zu verhindern, wollte sich der Pfarrer nebst anderen Honoratioren ins Mittel legen, damit das Fräulein ihre Garde entlasse und sich der Entscheidung des Gerichts unterwerfe. Aber das Fräulein ließ niemand mehr vor sich, weder Freund noch Feind. Sie lebte jetzt in einem völlig teilnahmlosen, hellseherischen Zustand, in dem sie die Außenwelt nur unvollkommen wahrnahm. An ihrer Stelle schaltete Julie, auf deren Veranlassung unter den Augen der Abgesandten die Schutzmannschaft mit Most und Brot gestärkt wurde.

Von amtlicher Seite erhielt jetzt Herr von Entreß die Aufforderung, das Fräulein zum gütlichen Nachgeben zu bewegen, weil man sich sonst auf unliebsame Ereignisse gefaßt zu machen hätte.

Während diese Vorgänge sich abspielten, sandte Doktor Hellmuth an Tante Thekla einen von kalter Bosheit geschwollenen Brief, der eine zerschmetternde Wirkung hervorbrachte. Dieses Schreiben, das noch jetzt unter den Reliquien jener Zeit erhalten ist, lautete folgendermaßen:

Gnädige Frau!

Obgleich Sie mich in so schroffer Weise aus Ihrem Hause entfernten, halte ich es dennoch für meine Pflicht, Ihnen über die Ausführung des mir gewordenen Auftrags Bericht zu erstatten.

Ich habe mich vor allen Dingen bei Ihnen zu bedanken, daß sowohl ich selbst wie andere ins Spiel gezogene Personen die Opfer einer lächerlichen Mystifikation geworden sind.

Das angebliche Grab, über dessen Inhaber niemand Auskunft geben konnte, ist überhaupt kein Grab, sondern nur eine gefühlvolle Gartendekoration.

Nach Mitteilungen, die ich bei noch lebenden Gliedern der Familie von Plessen einzuziehen in der Lage war, verhält sich die Sache wie folgt:

Eine von Plessensche Ureltermutter, die eine schöne Seele war, hatte in den achtziger Jahren des vorigen Jahrhunderts den sinnreichen Einfall, über einem leeren Rasenstück ein Grabmonument zu errichten und dasselbe mit einem Ossianschen Vers, der in Werthers Leiden zitiert ist, zu schmücken. Dieser Vers gab Veranlassung, daß man die Stelle ›Werthers Grab‹ nannte.

Die Enkelin, welche in den Fußstapfen der Ahnfrau wandelt, behielt, wie bekannt, nach dem Verkauf des Gutes denjenigen Teil zurück, in dem das sogenannte Grab sich befindet.

Nach dem Tode ihres Verlobten, der ungefähr vierzig Jahre nach dem Bau des Grabes stattfand, bepflanzte sie den Hügel mit Blumen und ließ das griechische Wort *Χαῖρε* dort einmeißeln als Abschiedsgruß an den Verblichenen. Derselbe war ein gewisser Karl Edler von Perglas, Student der klassischen Philologie, welcher die damals herrschende Mode des Philhellenismus mitmachte, mit anderen Schwärmern nach Griechenland ging und am 16. Juli 1822 in der Schlacht von Peta das Leben verlor.

Nachdem Fräulein Luise von Plessen sich von der Welt zurückgezogen hatte, nahm sie die Gewohnheit an, jährlich an seinem Todestag das sogenannte Grab mit Kränzen zu schmücken, wobei zunächst, wie es scheint, nur seine Seele als dort wohnhaft gedacht wurde.

Erst in späteren Jahren, als die geistigen Fähigkeiten des Fräuleins abzunehmen begannen, hegte und nährte sie den Wahn, daß fraglicher Rasenfleck wirklich die irdischen Reste ihres Geliebten umschließe.

Durch ihre Schwester Franziska, die gleichfalls an Hirngespinsten litt, wurde sie in diesen Phantasien bestärkt, und beide Damen trieben mit dem Grabe einen Kult, der allerdings geeignet war, in der Umgebung den Glauben zu erwecken, daß ein sehr nahestehendes Glied der Familie dort bestattet sei.

Nachdem dieser Irrtum beseitigt war, hatte ich keine andere Aufgabe mehr, als den erhobenen Einspruch zurückzuziehen und an zuständiger Stelle die Mystifikation, welche zu dem bedauerlichen Schritte Anlaß gab, aufzuklären.

Von dem Bittgesuch an Seine Majestät mußte unter diesen Umständen natürlich gleichfalls abgesehen werden.

Ich lege also das mir anvertraute Mandat mit dem Ausdruck des größten Bedauerns in Ihre Hände zurück und zeichne ...

Es war dem Briefe anzufühlen, wie sehr der Schreiber das Staunen, den Verdruß, die Beschämung, die Thekla beim Lesen empfinden mußte, im voraus genossen hatte. Das war die kleinliche Rache, die er sich gönnte. Denn an der Richtigkeit der festgestellten Tatsachen, so überraschend sie klangen, konnte niemand zweifeln, weil sich so allein das bisher Unerklärliche erklären ließ. Damit war natürlich die Sache des Fräuleins endgültig verloren.

Der Eindruck des Briefes war ein solcher, daß er bei dem Onkel Entreß einen seiner nicht seltenen jähen Gesinnungsumschläge hervorbrachte.

Jetzt muß der Unfug aber auch gleich ein Ende haben, rief er zornig. Du, Thekla, gehst augenblicklich hinüber, zeigst ihr den Wisch und machst ihr klar, daß sie die Bauern wegzuschicken und sich in das Unvermeidliche zu fügen hat. Es sei genug, sagst du ihr, daß wir alle uns um ihretwillen lächerlich gemacht haben, wir wollen nicht auch noch blutige Köpfe für die Narretei.

Thekla sah ihn in sprachloser Bestürzung an.

Das soll ich ihr sagen? hauchte sie ohne Stimme.

Nun, dann sage ihr, was du willst, aber zeige ihr den Brief und mache der Dummheit ein Ende.

Thekla verwahrte sich aufs neue. In dem Brief seien die heiligsten Erinnerungen boshaft und grausam entweiht und ein harmlos frommer Wahn, an dem ein edles Herz sich aufgerichtet habe, ins Lächerliche gezogen.

Ist es nicht hart genug, rief sie fast weinend, daß unbarmherzige Menschen sie in so hohen Jahren aus den altgewohnten Räumen forttreiben! Sollen auch noch die Freunde kommen und rücksichtslos in das Heiligtum ihres Herzens greifen, ihr den pietätvollen Glauben zerstören, der ein Teil ihrer selbst geworden ist! Glaube mir, Ulrich, wir würden eine fürchterliche Verantwortung auf uns laden.

Onkel Entreß machte noch ein paar brummige Einwendungen, dann ließ er sich überzeugen.

Beide kamen überein, daß man über die Hellmuthschen Entdeckungen dem Fräulein gegenüber völlig zu schweigen und die Annahme eines wirklichen Grabmals aufrechtzuerhalten habe; daß man aber die Unterwerfung unter den Spruch der Behörde als ein freiwilliges Opfer der Vaterlands- und Nächstenliebe von ihr fordern und ihr einen ehrenvollen Abzug bereiten müsse.

Es entstand noch ein kleiner Streit zwischen beiden, wem das saure Amt zufalle; doch wußte Thekla ihrem Gatten klarzumachen, daß es ihrer Persönlichkeit durchaus am nötigen Gewicht zum Eingreifen fehle, und seufzend begab er sich endlich selber auf den Weg.

Aber seine Diplomatie war schon durch den Gang der Ereignisse überholt. Julie hatte früher als er von den Ausgrabungen des Doktor Hellmuth erfahren, und, empört über die Unterstellung, daß die verehrte Grabstätte nur ein Dekorationsstück wie die künstliche Ruine und der chinesische Tempel sei, war sie zu ihrer Gönnerin gestürzt, hatte sich als Mitwisserin des Geheimnisses enthüllt und um die Erlaubnis gebeten, mit der Eröffnung der Wahrheit heraustreten zu dürfen. Denn so weit, sagte sie, würde ja die Roheit niemals gehen, daß man es wagte, die Stätte zu schänden, wo ein edler Freiheitsheld den letzten Schlummer schlafe.

Das Fräulein nahm ihre Nachricht ganz ruhig auf; es zeigte sich, daß auch Julie nicht die erste war, die sie ihr brachte. Ob die Unsichtbaren sie ihr im Windhauch zugetragen, ob sie sie auf prosaischerem Weg erfahren hatte, weiß ich nicht; genug, sie war unterrichtet.

Schweige, sagte sie und legte ihrer Getreuen die Hand auf den Mund. Ich weiß alles. Mögen sie kommen und den Hügel zerstören. Was darunter liegt, können sie nicht antasten, es wird mir folgen, wohin ich gehe.

Der bedeutungsvolle Ton, den sie in diese Worte legte, ließ Julie ahnen, daß es sich um tiefere Geheimnisse handelte, und jagte ihr einen Schauer über den Leib. Sie erzählte später, das Fräulein habe bei dieser Unterredung verklärt wie eine Heilige und strahlend wie eine Braut vor ihr gestanden.

Sie hieß die weinende Julie standhaft sein, weil jeder Trennung ein Wiederfinden folge. Für sie sei jetzt die Stunde des höchsten Glückes nahe, bald werde sie sich mit ihren vorangegangenen Teuren vereinigen, denn ihr irdisches Sein sei an diesen Ort geknüpft, und sie werde nun nicht lange mehr leben. Aber wenn die Zeit erfüllt sei, so werde sie auch ihre jüngeren Freundinnen zu sich rufen.

Aus den Andeutungen, die sie Julie machte, ging hervor, daß sie seit den letzten Wochen in einem gesteigerten mystischen Verkehr mit dem längst verstorbenen Freunde zu stehen glaubte, und daß ihr der Entschluß, zu gehen, schon von ihm selber eingegeben war, bevor die jüngste amtliche Aufforderung sie erreicht hatte.

Ihre erregte Phantasie, in der moderner und antiker Okkultismus sich wundersam mischten, gab ihr den festen Glauben ein, daß sie sich nur vor seinen Hügel zu stellen und ihn laut beim Namen abzurufen habe, damit sein Schatten ihr an den neuen Wohnort folge.

Was aus den Gebeinen werden sollte, sagte sie nicht. Doch da dieselben nach ihrer Überzeugung durch einen bloßen Willensakt des Verstorbenen an diese Stelle versetzt worden waren, so mußte sie ihm auch die Fähigkeit zutrauen, sie von da wieder wegzunehmen, und wo es ihm beliebte unterzubringen.

Onkel Entreß kam ganz verdutzt von seinem Besuch bei dem Fräulein zurück. Sie hatte ihn gar nicht zu Worte kommen lassen.

Es ist wahr, unterbrach sie ihn, sobald er zu reden anhob, ich hatte gehofft, auf dieser Scholle, die mir vom Erbe meiner Väter allein noch übriggeblieben ist, zu sterben. Aber wenn das Wohl meiner Mitbürger dieses Opfer von mir fordert, so bin ich bereit zu gehen.

Er wollte ihr noch einen Trost gewähren, indem er die Verpflichtung übernahm, daß, wenn man je auf menschliche Überreste stoßen sollte – was aber bei der Länge der Zeit sehr unwahrscheinlich sei –, dieselben mit aller Schonung und Pietät behandelt werden sollten, und daß er selber für schickliche Verpflanzung des Grabsteins Sorge tragen werde.

Man wird gar nichts finden, antwortete das Fräulein mit ruhiger Überlegenheit, und Sie brauchen sich nicht zu bemühen, lieber Freund, ich danke Ihnen.

Sie schien noch über ihre frühere Größe hinausgewachsen und wie ein höheres Wesen.

Darauf ging sie und entließ mit der Hoheit einer Königin, die sich zur Abdankung entschließt, ihre Schutzmannschaft.

Heller Sonnenschein glänzte auf den weißen Wänden und den blanken Scheiben des Schweizerhäuschens, und außen auf der staubigen Landstraße stand ein hochbepackter Möbelwagen. Etwas abseits im Pappelschatten hielt ein zweispänniges Reisegefährt, und in diesem saß das Fräulein im schwarzen Kleid, das sie nur einmal zuvor, bei der Beerdigung ihrer Schwester Franziska, getragen hatte. Ich erkannte sie kaum, nicht nur weil ihr der Schäferhut und die weißen Gewänder fehlten, sondern weil ihr rosiges, faltenloses Gesicht sich über Nacht mit Runzeln bedeckt hatte und greisenhaft geworden war. Aber die Bewegungen, mit denen sie sich von jung und alt verabschiedete, waren so königlich wie je.

Als sie abfahren wollte, ereignete sich noch ein peinlicher Zwischenfall. Die Blödsinnige hatte sich mit sichtlichem Vergnügen ein neues Kleid anziehen und eine frische Haube aufsetzen lassen, doch als sie merkte, um was es sich handelte, sperrte sie sich und wollte die gewohnten Räume nicht verlassen. Da kein Zureden half, auch des Fräuleins Rufen und Winken vergeblich war, versuchte man Gewalt anzuwenden; aber sie klammerte sich mit Geschrei an den Türpfosten und stieß die greulichsten Schimpfreden aus, bis in Eile Onkel Entreß herankam und ihr galant den Arm reichte, um sie wie eine Dame an den Wagen zu führen. Da lachte sie mit dem ganzen Gesicht unter ihrer weißen Schlafhaube und folgte ihm ohne Widerstand. Das Fräulein bot dem alten Freunde noch einmal dankend die Hand, dann wirbelte der Staub über dem rollenden Wagen auf, und Ilgenau sah sie niemals wieder.

… Nach ihrer Abreise wurde Julie ein ewig rinnender Tränenstrom. Ihr Idealismus hatte seine Heimstätte verloren, besonders da auch Thekla auf dem weit entfernten Jägerhaus ihr nur noch schwer erreichbar war. Die anderen Frauen hatten nur in erborgtem Lichte geglänzt und konnten Julie nichts weiter bieten; sie wandten sich auch, eine um die andere, der neugebackenen Kommerzienrätin Klary zu.

Julie sollte die Eröffnung der Eisenbahn nicht erleben; ihre ganze Natur zehrte sich in Heimweh auf. Doch traf sie noch der Schmerz, den Tod ihrer vergötterten Freundin erfahren zu müssen. Das Fräulein hinterließ Julie ihre heiligsten Besitztümer: das Bildnis des schönen Jünglings im Saffianfutteral und jenes Stammbuchblatt, wovon Julie mir einmal vorgeschwärmt hatte. Was aus dem Bilde geworden ist, weiß ich nicht; das Blättchen aber schenkte mir der Müller zum Andenken, als ich nach vielen Jahren wieder einmal auf die Sägemühle kam.

Es steht darauf von Männerhand geschrieben:

Wert ist der Schmerz, am Herzen des Menschen zu liegen und Dein Vertrauter zu sein, o Natur. Denn er nur führt von einer Wonne zur andern, und es ist kein anderer Gefährte denn er. – Darunter: Hyperion, aus welcher Unterschrift Julie geschlossen hatte, daß dies der Name des Schreibers gewesen sein müsse.

Die schönen Worte hatte Julie sich zur Grabschrift gewünscht, und ihre Angehörigen waren auch bereit, ihr Verlangen zu erfüllen; aber der Pfarrer widersetzte sich, weil er nicht wußte, ob der Spruch von einem heiligen oder einem unheiligen Verfasser komme. So erhielt sie nur den üblichen Scheidegruß: Ruhe sanft!

Jetzt war von dem idealen Ilgenauer Frauenkreise Thekla allein übrig. Von diesem Opfer der Liebe sei noch berichtet, daß ihr Herzenswunsch nach Jahren in Erfüllung ging, indem ihre Ehe durch ein Kind gesegnet wurde. Aber das späte Mutterglück kostete ihr das Leben. Denn durch den Eigensinn ihres Mannes, der sich mit dem Arzt verfeindet hatte, kam sie in ungeschickte Hebammenhände und litt entsetzlich. Doch war sie stolz und glücklich, ihr Ziel erreicht zu haben, und starb wie eine Heldin. Das Kleine überlebte sie aber nur um wenige Stunden und wurde mit ihr in *einen* Sarg gelegt.

Nach Theklas Tod kamen wir Kinder nicht mehr nach Ilgenau. Wohl aber besuchte Onkel Entreß uns häufig in der Stadt; doch sah man, daß er nicht mehr der alte war: Theklas Verlust ging ihm näher, als irgend jemand geahnt hatte. Durch einen seltsamen Bann dachte er immerfort an die Verstorbene.

Später geriet er unter die Fuchtel einer geldgierigen Haushälterin, die mit dem schwächer werdenden Manne anfangen konnte, was sie wollte. Nur das eine erreichte sie nie, so sehr sie sich darum bemühte: Theklas Nachfolgerin zu werden.

Das Wunderliche aber war, daß er die Kleider der Verstorbenen, soweit man sie ihr nicht ins Grab mitgegeben hatte, nun fast ebenso zärtlich pflegte, wie sie selbst zu ihren Lebzeiten getan hatte. Sie wurden immer sorgfältig geklopft, vor Staub und Mottenfraß behütet, und die Haushälterin durfte sich niemals eines davon aneignen. Die leeren Hüllen genossen jetzt alle die Ehren und Treuen, nach denen die arme Frau ihr Leben lang vergebens geseufzt hatte. Und nach des Onkels Tode mußten sie laut testamentarischer Verfügung alle auf einem Haufen verbrannt werden.

Mit Herrn von Entreß verschwand der letzte Veteran der alten Garde von Ilgenau.

Ich weiß, sie würden in der heutigen Welt keine glänzende Rolle spielen, meine Freunde von ehedem. Aber als ich das letztemal die zur großen Verkehrsstraße gewordene Lindachbahn befuhr und in unzähligen Fabrikschlöten sowie einem Arbeiterspital die Zeichen des industriellen Fortschritts vor Augen hatte, mußte ich dennoch zu mir selber sagen: die Eisenbahn, der jene weltvergessenen Erdenwinkel so großen Segen verdanken, wieviel Schönes hat sie zugleich mit dem Moder unwiederbringlich hinweggefegt! Ein Geschlecht, das auf dem engsten Raume die ganze Welt umschloß.

Der Zug stand still, der Schaffner riß die Tür des Abteils auf und schrie mit barscher Kommandostimme: Station Ilgenau! Fünf Minuten Aufenthalt!

Da war es mir einen Augenblick, als sehe ich auf der Drehscheibe zwischen Geleise und Güterschuppen eine hohe, weiße Gestalt im Florentiner Strohhut stehen und händeringend in die Erde versinken.

Genau dort war die Stelle, wo ›Werthers Grab‹ sich befunden hatte.

ISOLDE KURZ
von
Theodor Heuss

Als Isolde Kurz vor Jahren die Geschichte ihres Lebens niederschrieb, gab sie dieser Rückschau den Titel »Die Pilgerfahrt nach dem Unerreichlichen«. Sie fühlte und wußte sich noch unterwegs auf der ewigen Wanderung, lernend und lehrend, aufnehmend und verschwendend mit einer wachen Gegenständlichkeit.

Fast vier Jahrzehnte hat sie in Florenz gelebt; 1915 ist sie nach Deutschland zurückgekommen. Das hat nicht nur die Vorstellung gefestigt, die sich von ihr gebildet hatte: die Dichterin der florentinischen Renaissance, des toskanischen Volkslebens, sondern selbstverständlich ist auch ihr inneres Wesen durch die außerordentlichen Gegebenheiten der Wachstumsjahre gestaltet worden. Sie blieb, die Heimat wie aus der Fremde betrachtend, ferne von allen Cliquen und Bewegungen, allein einem deutschen Freundeskreis von höchstem geistigem Range verpflichtet. Das wurde zum Mutterboden eines großgearteten Individualismus, der nichts von banalen Konventionen wußte, aber der Umwelt die Maße einer freien und doch geschlossenen, einer kühnen und doch zuchtvollen Kunst entnahm. Der Schritt aus der schwäbischen Kleinstadt, deren damalige Honoratiorenenge sie als persönliche Feindseligkeit empfunden hatte, war wie eine Flucht in die Freiheit, ein Sprengen der Fesseln. Aber auf dem Tübinger Friedhof lag, nahe bei Hölderlin und Uhland, der Vater Hermann Kurz, und von diesem Grab, von dem

Manne, den es barg, wurde sie nicht frei. Das Bild des Vaters begleitete sie. Unter die sachliche Strenge und menschliche Milde seines gedachten Urteils rückte sie den Beginn des eigenen Werkes; dann würden sich darin keine falschen Töne finden, keine Lässigkeiten breit machen. Warum hatte die Mitwelt nicht die große Kunst des Epikers und Übersetzers Hermann Kurz gewertet, warum griff nicht die Nachwelt nach den Schätzen, die, von wenigen nur gekannt, in seinem Werke ruhten und ruhen? Ihr war es mehr als Tochterpflicht, nach ihrer Rückkehr den literarischen Wiedergutmachungsprozeß für ihren Vater zu führen.

Der Rhythmus ihres Lebens hat eine merkwürdige Bewegung. Erst verhältnismäßig spät, mit fünfunddreißig Jahren, trat Isolde Kurz mit ihren Gedichten an die Öffentlichkeit. Bald folgten die »Florentiner Novellen«. Ihre Formkraft brachte ihr einen guten Achtungserfolg, aber die breite Wirkung blieb ihr versagt. Die Produktion war sparsam, so mühelos auch ihre Kunst der Erfindung schien. Hatte das Los des Vaters sie scheu gemacht? Erst in den Jahren, da andere die Mahnung des Alters spüren, kam sie zu den großen Werken, die auch eine breite Aufnahme fanden: »Vanadis«, »Nächte von Fondi«, »Die Nacht im Teppichsaal« und die Studien über die Eltern, über Freunde. Die Siebzigjährige, die Achtzigjährige hat Werke von der unverdrossensten romantischen Fabulierfreude geschaffen und solche von der straffesten, knappesten Konzentration – das erstaunlichste Phänomen. Bilder und Gesichte, die sich gesammelt, Menschen und Begebenheiten, Einsichten und Einfälle, die sich gestaut hatten in einem reichen, einem tätigen Geist, forderten, von dem Schöpferatem angehaucht zu werden, um leben zu können. Und wie eine alte Zauberin entließ sie die Gestalten, sei es im behaglichen Erzählton, sei es in düsterer Spannung, entließ sie in die heimelige Luft der schwäbischen Landschaft oder in die farbensatte Dekoration eines toskanischen Palazzo.

Isolde Kurz paßt nicht in die Größenmaße einer genormten Literaturkartothek; die Eigenwüchsigkeit ihres Wesens sperrt sich gegen die Begriffe, die eine Richtung, eine Schule, einen Typus umschreiben wollen. Sie kennt die Kraft des durchgefeilten Aphorismus wie das verschwebende Spiel phantastischer Märchen, die gelassene Derbheit des Volkshumors wie das strenge Pathos gedanklicher, bekennender Lyrik. Sie verfügt über die Weltläufigkeit des Menschen, in dessen Nähe jahrzehntelang Erscheinungen aus aller Herren Ländern vorbeigingen, und ist doch mit allen Hintergründen und Abgründen vertraut. Denkt man ihrer, so werden Namen der Männer wach, die Freunde ihres Vaters gewesen: Fr. Th. Vischer, Mörike, dann der Florentiner Kreis, der sie selber mit getragen hat, Adolf Hildebrand, Böcklin, Hillebrand, teure Namen der deutschen Geistesgeschichte.

Es hat etwas Ergreifendes, in ihr den Zeugen eines lebensstark ausgreifenden und sich im Gesetz der Kunst begrenzenden Individualismus als Erben und Mittler in einer verwandelten Welt zwischen uns zu wissen.

(1943)

ZU DIESER AUSGABE

In der Mitte ihres Lebens, schon lange »inmitten der südlichen Pracht« Italiens lebend, kehrt Isolde Kurz als Künstlerin ins Kinderland zurück, in ihre württembergische Heimat, beschreibt die verwunschenen, versunkenen Gärten der Kinderzeit, Goldschaum und Schmerz eines verlorenen Paradieses.

In ihrem Erinnerungsbuch »Die Pilgerfahrt nach dem Unerreichlichen. Lebensrückschau« (1938) heißt es: »Aber auch meiner engeren und allerengsten Heimat, dem Schauplatz meiner Kinderspiele, fühlte ich mich zu solchem Liebesdienst verpflichtet. Es winkten mir aus meinen frühsten Erinnerungen rührend komische Gestalten nach, wie sie zu jener fernen Zeit das Schwabenland noch hervorbrachte, die aber, als ich schrieb, schon längst verschollen waren ... Der Duft ländlicher Blumen und sommerlichen Heus oder angezündeter Kartoffelfeuer umgibt ihre Gestalten, denen sich nach langem Liegen im Erinnerungsschrein auch noch ein leiser Lavendelgeruch wie aus großmütterlichen Schränken beigesellte ... Nicht, als hätte ich sie einfach am Schopf nehmen und aus der Wirklichkeit in erfundene Lagen der Novelle versetzen können – solches gerät in den seltensten Fällen glücklich –, vielmehr mußte ich sie zuerst in den Schmelztiegel werfen und aus ihren Bestandteilen andere verwandte Wesen bilden, wie sie jeweils zum Gang der Handlung nötig waren. Verschiedene Schauplätze meiner Kindertage ließ ich zum Hintergrund in einen zusammenrinnen und gab ihm den an wilde Lilien erinnernden Namen Ilgenau, worin mir jene frühe Unschuldswelt sich ausdrucksvoll zu spiegeln schien.«

In dieser Mischung aus realen Orten und Personen in verklärender Rückschau mit freien Erfindungen lassen sich manche Spuren erkennen, Erinnerungen an die Kinderjahre in Obereßlingen, an das Schlößchen Serach, an das Schloß der Freiherren Thumb von Neuburg in Wendlingen-Unterboihingen und an Schloß Dätzingen. Vor allem aber werden Erinnerungen an das Landstädtchen Kirchheim unter Teck lebendig, wo die siebenköpfige Familie

Kurz 1862/63 gelebt hatte – auf dem Höhepunkt ihrer wirtschaftlichen Not und politischen Ausgrenzung. [Wir lagen] »an unserer Polarstation vor Anker, bis etwa eine Wasserstraße frei und die Durchfahrt für irgendein Atlantis sichtbar würde«, hatte der Vater über diese Zeit geschrieben. Seine Tochter, die in ihren Büchern »Das Leben meines Vaters« und »Aus meinem Jugendland« darüber berichtet, schreibt: »Wohl erinnere ich mich, wie ich in der Dämmerstunde zuweilen ausbrach und zu einem rauschenden Wehr hinrannte, um mich durch überlautes Schreien und Singen in wilden Rhythmen, die niemand hörte, von dem eingeschlossenen Drang zu entlasten. Das altertümliche, damals noch sehr stilvolle Stadtbild verhaftete sich, nicht mit klargesehenen Einzelheiten, aber als Stimmungszauber in meiner Seele und wurde später, als ich in der Fremde lebte, ein lieber Hintergrund meiner Heimatträume, in denen meist die beiden Flüßchen von Kirchheim, die Lauter und die Lindach, plätscherten.«

Die drei Geschichten malen kindliche Seelenströmungen und -stimmungen nach, die Seligkeiten eines Kindheitsparadieses und dessen Verlust. »Nachbars Werner«, der Untergang eines phantasiereichen Jungen, wird *vor* dem »Jahrhundert des Kindes« (Ellen Key, 1902) und *vor* den einschlägigen Schülerromanen wie »Freund Hein« von Emil Strauß (1902) oder »Unterm Rad« von Hermann Hesse (1906) geschrieben. In »Werthers Grab« wird das Versinken der feudalen Welt mit ihren Originalen, ihrer Griechen- und Hölderlinbegeisterung geschildert, der Umbruch der ländlichen Welt, in der um 1860 über die Hälfte der Menschen noch in der Landwirtschaft arbeitete. Die Eisenbahn hält Einzug und mit ihr das industrielle Zeitalter. 1859 wird die obere Neckartalbahn von Plochingen nach Nürtingen eingeweiht, 1864 die Stichbahn von Kirchheim unter Teck nach Wendlingen. Es war, in Form einer Aktiengesellschaft, die erste Privatbahn in Württemberg, ihre Verwirklichung hatte ein gutes Jahrzehnt lang gedauert.

Die Weichen sind gestellt: die Region Mittlerer Neckar entwickelt sich, vor allem nach dem Zweiten Weltkrieg, zu einem europäischen Siedlungs- und Industriezentrum.

KURZ-BIOGRAPHIE

Isolde Kurz kommt am 21. Dezember 1853 in Stuttgart im Königreich Württemberg zur Welt. Ihren Vornamen erhält sie nach »Tristan und Isolde« – ihr Vater hatte das Fragment aus dem Mittelhochdeutschen übertragen und einen Schluß hinzugedichtet. Richard Wagner wurde durch diese Fassung für seine Vertonung gewonnen.

Ihre Mutter, Marie von Brunnow (1826–1911), stammt aus einem baltisch-schwäbischen Adelsgeschlecht, eine zarte, ungemein leidenschaftlich-lebenskräftige Frau, die in gut sechs Jahren fünf Kinder gebar, die alle am Leben blieben. Der Vater, Hermann Kurz (1813–1873), stammt aus einem reichsstädtisch-demokratischen Glockengießergeschlecht. Als Romancier, Erzähler, Übersetzer und politischer Journalist ist er eine große Gestalt des deutschen Geisteslebens im 19. Jahrhundert. Das klassische Bildungsideal und die Freiheitsbewegung von 1848, für die sich beide mit ihrer ganzen Existenz einsetzten, hatten die Eltern zusammengeführt. Er saß zwei Mal auf dem Asperg, sie stand, hochschwanger mit Isolde, wegen Majestätsbeleidigung vor Gericht.

Ihre Kinder- und Jugendjahre verbringt Isolde in Stuttgart, Obereßlingen, Kirchheim unter Teck und Tübingen. Die Familie lebt in wirtschaftlicher und politischer Bedrängnis; die Kinder, nach griechischen und germanischen Idealen erzogen, empfinden sich als »Königskinder ohne Land«. Im Haushalt herrschen anarchisch-mutterrechtliche Verhältnisse. Isolde wird daheim unterrichtet, hauptsächlich von ihrer Mutter, der Lateinunterricht findet während des morgendlichen Bändigens ihrer blonden Haarflut statt. Das frühreife, ganz eigen geartete Mädchen, das sich als Indianerseele fühlt, beginnt schon mit vierzehn, fünfzehn Jahren literarisch zu arbeiten, ihre erste Übersetzung erscheint 1868 im »Beobachter«. Sie genießt aber auch die Wonnen der Tanzstunden und Bälle, »ein Kleid aus weißen Tarlatanwolken mit schmalem grünem Atlasband durchzogen nebst einem Schilfzweig mit Wasserrosen«. Sie reitet, im langen Kleid und im Damensitz, auf einem

Araberhengst durch die bucklige Universitätsstadt und fordert eine Bademöglichkeit auch für Frauen.

Nach dem Tode des vergötterten Vaters unternimmt sie einen Ausbruchsversuch aus der Familienumklammerung: 1876 zieht sie nach München und probiert eine literarische Laufbahn. Sie verfügt über hervorragende Beziehungen zur Münchner Adels- und Künstlerwelt wie zur sozialistischen Bewegung: in ihrem Elternhaus waren die Frühsozialisten ein- und ausgegangen. Sie übersetzt aus vier Sprachen; Karl Marx befaßt sich, ausführlich und rüde, mit einer ihrer Übertragungen. »Philisterhaft und ledern« nennt er sie und empfiehlt, »die holde Isolde an die Luft zu setzen«.

1877 wandert der Kurz-Clan nach Italien aus, dort hatten die genialen Arzt-Brüder Edgar und Alfred eine Existenzmöglichkeit gefunden. In Florenz, damals ein europäisches Künstler-Arkadien, ringt sich Isolde Kurz unter schweren inneren und schwierigen äußeren Bedingungen zur Gestaltung eigener Werke durch. Schließlich hat sie mit ihren »Florentiner Novellen« (1890) aus der italienischen Renaissance in Deutschland großen Erfolg. In der Künstlerkolonie selbst genießt sie großes Ansehen.

Um 1900 läßt sie sich am Strand von Forte dei Marmi, damals ein Fischerdorf, später ein mondänes Seebad, ein kleines Haus bauen. »In langem, schwarzem Gewand und breitem Strohhut ging sie bis Brusthöhe ins Meer. Am Strand und im Dorf erschien sie in hellen, wallenden Gewändern mit malerischen Umhängen« – so beschreibt in späteren Jahren eine Malerin ihre Auftritte.

Sie wird eine angesehene Literatin mit einem vielfältigen und reichen Werk, eine disziplinierte Arbeiterin mit einem großen, feinmaschigen Briefnetz. Sie ist sich ihres Wertes und des ihrer Bücher sehr bewußt, betreibt eine geschickte Verlagspolitik und lanciert ihre Texte in eine Fülle von Zeitungen und Zeitschriften. Auch vor damals kühnen Themen schreckt sie nicht zurück, in »Die Kinder der Lilith« (1908) schildert sie, nach talmudischer Überlieferung, daß nicht die gefügige Eva die erste Frau Adams war, sondern die freie, geflügelte, gleichrangige Lilith.

1911 erhält sie den Ebner-Eschenbach-Preis, 1913 wird ihr, als erster Frau in Württemberg überhaupt, der Dr. h. c. verliehen und anläßlich des 100. Geburtstages ihres Vaters überreicht – in Anwesenheit des württembergischen Königspaares. Hermann Kurz hatte im Zusammenhang mit 1848 einmal geschrieben, daß der Hof trunken vor Grimm gegen ihn sei.

Nach der Jahrhundertwende hatte Isolde Kurz zwischen Forte dei Marmi und München zu pendeln begonnen, ihr Bruder Erwin war dort ein erfolgreicher Bildhauer geworden. Nach dem Tod ihrer Mutter (1911) beginnt sie sich auch von ihrem freiheitlich-demokratischen Erbe zu lösen. In der anfänglichen Trunkenheit des Ersten Weltkrieges schreibt sie Gedichte wie »Schwert aus der Scheide« und »Die deutsche Mutter«, die durch Lesebücher und Postkarten große Verbreitung erfahren. Als sie dann den ersten Kriegsverstümmelten sieht, ist sie betroffen.

Der Weimarer Republik steht sie, von ihrem Künstlerolymp aus, kühl bis ablehnend gegenüber. »Führer« wie Mussolini und Hitler sieht sie vor allem als Heldengestalten.

Mit zunehmendem Alter beginnt sie Erinnerungsbücher zu schreiben, die sehr erfolgreich werden. »Vanadis. Der Schicksalsweg einer Frau« (1931) bringt es, bis 1988, auf 492 000 Exemplare. In der »Pilgerfahrt nach dem Unerreichlichen. Lebensrückschau« (1938) faßt sie noch einmal die bürgerlich-idealistische Bildungswelt zusammen, die großenteils schon versunken war. Sie unternimmt Lesereisen und hat auch damit großen Erfolg: im langen, königsblauen Samtkleid, eine majestätische Gestalt, liest sie, frei stehend, ihre Texte.

1933 wird sie in die »gesäuberte« Preußische Akademie der Künste, Sektion für Dichtkunst, aufgenommen, das höchste einschlägige Gremium in Deutschland. 1943 erhält sie, zu ihrem 90. Geburtstag, vom Führer die Goethe-Medaille für Kunst und Wissenschaft. Sie begeht diesen Geburtstag in Tübingen, wo sie, in München ausgebombt, Zuflucht gefunden hatte. Von der Kultusbürokratie und in der Presse wird sie als größte lebende deutsche Dichterin gefeiert. Die Gratulationscour endet mit zum Gruß erhobenem Arm.

Am 5. April 1944 stirbt Isolde Kurz in Tübingen. Die Beisetzungsfeierlichkeiten verlaufen, gespenstisch angesichts des herannahenden Kriegsendes, in ähnlicher Inszenierung wie der Geburtstag, Kränze von »Reichsminister Dr. Goebbels und Gauleiter Reichsstatthalter Murr« werden niedergelegt. Die Urne wird im Grab der Mutter beigesetzt, in der Nähe jener Polyhymnia, die sie einst, von ihrem ersten großen Honorar, auf dem Grab ihres Vaters hatte errichten lassen. Ihr Grabspruch lautet: Fern überm Wasserpfade / Flimmert zur Nacht ein Schein. / Lichter vom andern Gestade? / Was mag sein?

Über neun Jahrzehnte hinweg spannt sich der Lebensbogen von Isolde Kurz. Höhen und Tiefen, Irrungen und Wirrungen der deutschen Geschichte lassen sich daran ablesen: die Restauration nach der 1848er-Bewegung, das Königreich Württemberg, der 70er-Krieg und die Reichswerdung, der Erste Weltkrieg und der Umbruch danach, die Weimarer Republik, das Dritte Reich und der Zweite Weltkrieg. Ohne einen Tag die Schule besucht zu haben, ohne einen Tag angestellt gewesen zu sein, ohne materielles Erbe und ohne Ehemann, als Ritterin der Feder hat sie sich ein Dreivierteljahrhundert lang zu behaupten gewußt – eine »Grand Old Lady des poetischen Realismus«.

Jürgen Schweier

QUELLEN

»Der Aktiengarten« erschien als Erstdruck 1897 in der Gartenlaube, »Nachbars Werner« und »Werthers Grab« 1899 bzw. 1900 in der Deutschen Rundschau. Zusammen mit vier weiteren Geschichten erscheinen sie dann als Buch 1900 in Berlin, »Von dazumal. Erzählungen.« lautet der Titel. Später kommen die Texte »Passionsblume« und »Zenobia« hinzu, der Band trägt jetzt den Untertitel ›Geschichten aus meiner Jugendwelt‹.

Der Text dieser Ausgabe folgt dem in den Gesammelten Werken in sechs Bänden, die 1925 bei Georg Müller in München erschienen sind.

Die Betrachtung von Theodor Heuss wurde 1943 geschrieben; in Buchform erschien sie 1961 in: Theodor Heuss »Vor der Bücherwand. Skizzen zu Dichtern und Dichtung«. Der Abdruck erfolgt mit freundlicher Genehmigung der Deutschen Verlags-Anstalt in München.

Die Reproduktion auf dem Einband zeigt das Gemälde »Alter Baumgarten in der Blüte« – Öl auf Leinwand – von Maria Caspar-Filser (Riedlingen 1878–Brannenburg 1968). Es stammt aus dem Jahre 1907 und befindet sich heute in der Sammlung der Kreissparkasse Biberach und Stiftung S BC – pro arte. Das Copyright liegt bei der VG Bild-Kunst Bonn, Künstler Köster, Bonn 2003.

Das Frontispiz zeigt Isolde Kurz 1893 in Florenz. Die Photographie wurde freundlicherweise vom Deutschen Literaturarchiv in Marbach zur Verfügung gestellt.